一流の客

立場茶屋おりき

今井絵美子

時代小説文庫

角川春樹事務所

目次

名残の扇

幾富士《いくふじ》の眼前でこぼれ萩《はぎ》の花弁《はなびら》が弧《こ》を描《えが》くように舞い、ひらりと伊織《いおり》の総髪《そうはつ》に留《と》まった。

「伊織さん、萩の花弁が……」

幾富士が腰掛車《こしかけぐるま》を停《と》めて、花弁に手を伸ばす。

「ああ、済まない。萩ももう終《しま》いだな……。桜が散るときにも思うのだが、花が散るのはなんだか物寂《ものさび》しいものよ……」

伊織のしみじみとした口調《くちょう》に、幾富士の胸がきやりと揺《ゆ》れる。

「あら、萩は終いでも、紫苑《しおん》や杜鵑《ほととぎす》といった花はまだ暫《しばら》く咲きますし、ほら、この庭にはこんなに沢山の草木が植えられているのですもの……。あたしなんか、花の名前が憶《おぼ》え切れない……。ほら、泉水《せんすい》の畔《ほとり》に咲いている白い花、あれはなんていう花かしら……」

幾富士が泉水を指差す。

「ああ、あれか……。あれは牡丹蔓《ぼたんづる》だ」

「あっ、あれがそうですの？　いえね、先《せん》に、おかあさんから立場茶屋《たてばぢゃや》おりきの女将《おかみ》さんの好きな花の一つと聞いたことがあるような……。女将さんね、とにかく白い花が好きなのですって！　それで、多摩《たま》の花売りに頼んで、四季《しき》折々《おりおり》に山から白い花を採《と》ってきてもらっているとか……」

伊織が振り返り、幾富士の顔を見る。

「女将さんが白い花を……。幾富士、泉水の傍《そば》まで腰掛車を押してくれないか。梅鉢草《うめばちそう》が咲いていると思うので……」

今し方、伊織の感傷的な口調にきやりとしたばかりだが、どうやら杞憂《きゆう》のようで、幾富士はほっと胸を撫《な》で下ろした。

伊織の世話をするようになって八月《やつき》近くになるが、年明け早々に麻布宮下町《あざぶみやしたちよう》の京藤《きようふじ》に入って一月《ひとつき》ほどは、伊織は幾富士が話しかけても、ああ、とか、いや、と答えるだけで、まるきり会話にならなかったが、節分《せつぶん》を過ぎた頃から次第に短い言葉を発するようになり、やっと笑顔を見せるようになったのが、桜が咲く頃のことだった。

三月の初めのことである。

幾富士が中庭の躑躅《つつじ》の根元に野路菫《のじすみれ》が一輪咲いているのを見つけ、あまりの可憐《かれん》さに思わず手折《たお》り伊織の部屋に飾ろうとすると、伊織の面差《おもざ》しに傍目《はため》にもはっきりと判《わか》るほどの変化が顕《あらわ》れたのである。

「それを、どこで……」

伊織は目を輝かせた。

「中庭の躑躅の根元に、それもたった一輪咲いてたんだけど、あっ、手折らないほうがよかったかしら……」

幾富士は叱《しか》られたのかと思い、挙措《きょそ》を失った。

「いや、いいんだ。へえェ、そんなところに菫が……。では、自然に生《は》えたのだろうな」

伊織はさも愛《いと》しそうに、野路菫に目を細めた。

どうやら、可憐な草花が好きとみえる。

「草花がお好きですか？」

「ああ、あたしは人が手を加えた庭木よりも、山野草のほうが好きなんだ……。祖父も同じ想《おも》いだったのか、それで白金猿町《しろかねさるまち》の寮では、極力《きょくりょく》、人の手を加えず自然のままに庭を造ったのだ……。祖父はあたしが二十歳《はたち》のときに死んだが、なかなかの通人《つうし》でね。風流を好む数寄者《すきもの》だった……」

伊織は懐《なつ》かしそうに目許《めもと》を弛《ゆる》めた。

こんな伊織の表情を見るのは初めてのことで、幾富士は思わず見とれてしまったほどである。

と、その刹那《せつな》、幾富士にある考えが閃《ひらめ》いた。

伊織さんは麻布の見世《みせ》にいるより、白金の寮で暮らしたほうがよいのでは……。

それで、恐る恐る伊織の気持を確かめてみたのである。

「あのう……。もしかして、伊織さんはもっと頻繁《ひんぱん》に寮に行きたいのではありませんか？」

「それは行きたいさ。だが、この身体《からだ》では……。親父《おやじ》やお袋《ふくろ》に連れて行けと言っても、見世を放っていくわけにはいかない……。あそこは他人《ひと》を接待する場所だからよ」

伊織は苦々《にがにが》しそうに顔を顰《しか》めた。

「では、日頃は誰も住んでいないのですか？」

「いや、留守を預かる老夫婦がいるのはいるのだが……」

「でしたら、行きましょうよ！　あたしがお供《とも》をしますんで……」

幾富士がそう言うと、伊織は唖然《あぜん》とした顔をした。

「おまえが供をするといったって……。どうやら解《わか》っていないとみえるな。あたしはこんな身体だぜ？　用を足《た》すのも一人では出来ないというのに、女《おな》ごのおまえにあたしを寮まで連れて行けるはずがない……」

「ええ、解っています。ですから、あたし、旦那さまや内儀《おかみ》さんに頼んでみます！」

「頼むって、おまえ……」

「見世と寮を行ったり来たりするのは大変かもしれません。だから、伊織さんの住居《すまい》を寮に移してしまえばいいんですよ。勿論《もちろん》、あたしが傍につきますし、留守を預けた老夫婦がいるというのであれば、あとはお端女《はした》を一人ほどつけてもらえば、あちらで暮らすことが出来ますわ。ねっ、良い考えだと思いませんか？　あたし、早速《さつそく》、旦那さまや内儀《おかみ》さんに話してきますね！」

そうして、幾富士は京藤の主人染之助《あるじそめのすけ》と内儀《ないぎ》の芳野《よしの》に掛け合ったのだった。

幾富士の話を聞き、染之助と芳野は顔を見合わせた。

「伊織と幾富士を寮に住まわせるといっても……」

「第一、勝手仕事は誰がやるのですか？　失礼だが、幾富士さんはこれまで芸の道に生きてきて、女ごの嗜《たしな》みには疎《うと》いと聞いていますが……」

芳野の言葉に、幾富士は一瞬言葉に詰まったが、怯《ひる》むことなく続けた。

「ええ。確かに、あたしはこれまで厨《くりや》に立つことはありませんでした。ですから、お端女を一人つけて下されば……。伊織さんはここで息の詰まるような暮らしをしているよりも、自然に囲《かこ》まれて暮らすほうが幸せなのではないでしょうか……。伊織さんが寮のことを話すときの、あの表情……。あたし、あの表情を見て、そう確信しました。旦那さまも内儀《おかみ》さんも、これまで伊織さんの幸せだけを望んでこられたのではありませんか……。でしたら、伊織さんの望みを叶《かな》えてあげようではないですか！」

染之助と芳野は再び顔を見合わせた。

「伊織が寮で暮らしたいというのであればな……」

「そうですよね。あたしはこれまで伊織のことが気懸《きが》かりで、とても傍から離せなかったのですが、あの子も三十路《みそじ》になりましたからね……。幾富士さんが傍についていてくれるというのであれば、そうさせてやってもよいかもしれませんね」

「伊織に逢《あ》いたければ、あたしたちが寮を訪ねればよいことだしな」

「けれども、お端女を一人つけるとして、誰を……」

芳野は首を傾《かし》げた。

すると、芳野の背後に控《ひか》えていたお端女のお尚《なお》が、あのう……、と割って入ってきた。

「あたしにその役目を務《つと》めさせてもらえないでしょうか？」

「お尚が？」

芳野が目をまじくじさせる。

お尚は京藤にいるお端女の中では一番の古株《ふるかぶ》で、伊織が生後間もない頃に奉公に上がったという。謂《い》わば、乳母《うば》といってもよいだろう。

従って、現在《いま》では、女中頭的な存在なのである。

「けど、おまえは京藤にはなくてはならない女ごです。おまえがいなければ、誰が女衆《おなご》を束《たば》ねるのですか……」

芳野が困じ果《こう》てた顔をする。

「おふさなら出来ます。京藤ではあたしの次に古株ですし、奥向きのことは酸《す》いも甘いも知り尽くしてますんで、あたしが抜けても安心して委《まか》せられます。あたしは伊織坊《ぼっ》ちゃんのお世話が出来たら本望《ほんもう》なんですよ。あたしが十六歳で京藤に上がってからほぼ三十年……。これまで坊ちゃんには這《は》えば立て、立てば歩けの心境《しんきょう》できましたものですから、四年前に坊ちゃんが落馬され、あのような身体になられてからは、生きた空もありませんでした……。それはもう、坊ちゃんが不憫《ふびん》で不憫で……。何より、坊ちゃんが心まで閉《と》ざしてしまわれたのが、身を切られるほどに辛《つら》くって……。その坊ちゃんが幾富士さんのお陰で笑顔を取り戻して下さったのです。亡くなられた大旦那さま同様に、元々、坊ちゃんは白金の寮が大好きだったのですもの、あちらで暮らしたいとお言いなら、あたしもお供したいと思います。旦那さま、内儀《おかみ》さん、どうか、お尚の望みをお聞き入れ下さいますよう……」

お尚は深々と頭を下げた。

「ああ、解った！　では、そうしようではないか。幾富士、これでよいな？」

染之助が幾富士に目を据《す》える。

「有難《ありがと》うございます」

幾富士も慌てて頭を下げた。

そうして、三月の声を聞き、伊織は幾富士とお尚に付き添《そ》われ、白金猿町の寮に移ったのである。

寮には留守番の捨吉《すてきち》、お作《さく》夫婦がいた。

二人とも五十路《いそじ》を過ぎたばかりのようだが、捨吉は頑丈《がんじょう》な体軀《たいく》をした器用な男で、家屋《かおく》の修繕《しゅうぜん》から庭の手入れとなんでも熟《こな》し、お作は炊事、洗濯、掃除、畑仕事の役回りのようだったが、どうやら料理はあまり得意ではないとみえ、寮に着いた晩に出された夕餉《ゆうげ》は、とても伊織の口に合うような代物《しろもの》ではなかった。

それで、翌日からは伊織の食事はお尚が作るようになったのである。

伊織は寮での暮らしが始まると、忽《たちま》ち、生気を取り戻した。

伊織が庭を散策できるように、動く椅子が欲《ほ》しいと言ったのは、幾富士である。

捨吉はどうしたものかと思案《しあん》投げ首考えていたが、どこからか大八車《だいはちぐるま》を調達してくると、車輪を外《はず》し荷台の部分を椅子の形に造り直し、再び両脇に車輪をつけて腰掛車に改造してくれた。

「どうでやんしょ？　坊ちゃん、ちょいと坐《すわ》ってみて下せえ」

捨吉は伊織の身体を抱きかかえると、上手《うま》いこと、ひょいと腰掛車に移し替《か》えた。

「どうでやすか？　坐り心地はいかがでやんしょ……」

「ああ、悪くない」

「じゃ、幾富士さん、こっちに廻《まわ》って腰掛車を押してみて下せえ」

「えっ、こう？　これでいいのね？　まあ、動くわ！　捨吉さん、動くわよ」

「そりゃ動くに決まってらァ。動くように造ったんだからよ」

捨吉はどうだとばかりに鼻蠢《おごめ》かせた。

そうして、天気のよい日は庭を散策するようになったのである。

幾富士は伊織に言われるまま、泉水に腰掛車を押して行った。

が、泉水の汀《みぎわ》まで腰掛車が入らない。

地面が平《たい》らでないと、車輪が動かないからである。

「ここから先は無理です」

「ああ、解っている……。幾富士、おまえが見て来ればよい。蓼《たで》や油茅《あぶらがや》が生《お》い茂っているだろうが、汀をよく見ると、背丈の低い、梅鉢の家紋《かもん》に似た白い花をつけているからよ」

幾富士がそろそろと汀に寄って行く。

えっ、どれ？　どれのことを言ってるんだろ……。

あっ、あった！　これだわ……。

まあ、なんて可憐な花なんだろう！

「伊織さん、ありましたよ！　まだ蕾《つぼみ》だけど、ひぃふぅのみぃ……、まあ、花を開いたのが五つも……。一輪だけ手折っていきましょうか？」

「では、一輪だけな。あとは来年のためにそのままにしておこう」

幾富士は梅鉢草を一輪手折ると、伊織の傍に戻って行った。

「さあ、どうぞ！　あとで部屋に飾りましょうね」

伊織は梅鉢草を手にすると、おお……、と感嘆の声を上げた。

「あたしはこの花が大好きでよ……。男のくせに女々《めめ》しいと思うだろうが、祖父がこの庭を造るに際して、どこにどんな草花を植えるか、よく相談に乗ったものよ……。

もう二度とこの庭を散策することは叶わないと諦《あきら》めていたが、またこうして、この花に出逢《であ》えるとは……。幾富士、有難うよ！　おまえが後押ししてくれなかったら、とても叶わなかったこと……」

伊織は目に涙を湛《たた》えていた。

幾富士の胸にも、熱いものが衝《つ》き上げてくる。

「あと少ししたら、木々が紅葉《こうよう》しますね！　あたしが初めてここに伺《うかが》ったときが、紅葉狩《もみじが》りの宴《うたげ》でしたものね。あれは去年の十一月のことだったから、もう九月《くつき》……。あのときの紅葉のなんと見事だったことか……。それが、今年はすぐ傍にいて、木の葉が移ろうさまを毎日見ていられるのですものね」

幾富士は込み上げる熱いものを払うようにして築山《つきやま》を見た。

母屋《おもや》に戻ると、二人が戻ってくるのを縁側で待ち構えていた捨吉が、内儀《おかみ》さんが居間でお待ちでやすが……、と幾富士の耳許《みみもと》で囁《ささや》いた。

「内儀《おかみ》さんが……。でしたら、呼びに来て下さればよかったのに……。では、長いこと待たせてしまったのかしら？」

幾富士が気遣《きづか》わしそうに、居間のほうに目をやる。

「なんの……。あっしが呼びに行きやしょうかと言うと、内儀《おかみ》さんがせっかく二人が庭を散策しているのだから、そっとしておけと言われやしたんで……。なんでも、今宵《よい》は寮に泊《と》まられるとかで、それで二人を急《せ》かせることはねえと……」

捨吉はそう言うと、伊織の身体を両腕に抱《かか》え、踏み台を踏んで縁側へと上がっていった。

正《まさ》な話、捨吉がいなければ、女手《おんなで》だけでは伊織を介助椅子《かいじょいす》に坐らせることも出来ない。

とにかく、捨吉の腕力ときたら……。

いとも軽々と伊織の身体を持ち上げ、寝床から介助椅子へ、介助椅子から腰掛車へと移すのである。

介助椅子も腰掛車同様に、捨吉の手造りだった。

背もたれがあり、脇息《きょうそく》のように両腕を脇に預けることも出来る。

しかも、一つとはいわず幾《いく》つも造り、寝所にも居間にも縁側にも置いてあるので、あとは捨吉が伊織を抱いて運べばよいだけ……。

幾富士は捨吉の才覚に頭の下がる思いだった。

居間では、芳野がお尚と雑談に興《きょう》じていた。

「伊織さん、庭はどうでした？　まだ紅葉には少し早いけど、愉《たの》しめました？」

捨吉に抱かれた伊織に、芳野が笑《え》みを投げかけてくる。

「ええ、梅鉢草が咲いていましてね」

介助椅子に移された伊織が、手にした一輪の梅鉢草を掲《かか》げてみせる。

「梅鉢草って……、えっ、では、泉水の汀まであの腰掛車で入ったのですか？」

芳野が驚いたように目を丸くする。

「いえ、汀まで入ったのは幾富士だけですよ。けれども、梅鉢草が咲いているさまを幾富士から聞くことで、あたしも頭の中にその姿が描《えが》け、それだけで大満足というもの……」

伊織の嬉《うれ》しそうな様子に、芳野が目を細める。

「おまえのその嬉々《きき》とした顔を見て、あたしがどれだけ安堵《あんど》したことか……。本当に、ここに来てよかったですこと！　現在《いま》のおまえの姿を見たら、旦那さまがどんなに悦《よろこ》ばれることか……」

「それで、親父《おやじ》は？」

「あの男《ひと》は商《あきな》いのことで頭が一杯……。おまえのことを気にはしていても、見世を離れることが出来なくてね。その代わり、今宵はあたしもここに泊まりますので、お尚にうんと美味《おい》しいものを作ってもらいましょうよ！」

芳野がお尚に目まじする。

「ええ、ええ、腕に縒《よ》りをかけて作りますよ！　内儀《おかみ》さんが初鮭《はつじゃけ》を一尾《いちび》お持ち下さったんで、今宵は鮭をふんだんに使って、うんと美味しいものを作りましょうね。しかも、庭の栗は現在《いま》が食べ頃だし、お作さんが畑で育てた野菜も豊富ときて、ホント、良い季節になりましたこと……。じゃ、梅鉢草を一輪挿《いちりんざ》しに挿《さ》して参りましょう……」

お尚が梅鉢草を受け取ろうと手を伸ばす。

「あっ、それはあたしが……」

幾富士は慌てて立ち上がろうとした。

が、芳野がそれを制す。

「いや、幾富士さんはここにいなさい。少し話があるんでね。お尚、花を活《い》けておいで！」

芳野はそう言い、幾富士に坐るようにと目まじする。

幾富士は怖々《こわごわ》と腰を下ろした。

話とは一体……。

咄嗟《とっさ》に、幾富士は何かやりくじりでもしたのであろうか……、と頭の中であれこれと思い起こしてみるのだが、心当たりは皆無《かいむ》である。

芳野は幾富士が畏縮《いしゅく》したのを見て取ると、くくっと肩を揺すった。

「なんですよ、その顔は……。そんなに硬くなることはありませんよ。別に、説教をしようと思っているわけではないんだからさ！　寧《むし》ろその逆で、おまえさんには済まないことをしたと思っているのですからね」

幾富士がとほんとする。

「済まないこととは……。えっ、なんのことですか？」

「いえね、おまえさんが京藤に来たのが元旦で、あれから八月《やつき》近くも経《た》ったというのに、盂蘭盆会《うらぼんえ》にも藪《やぶ》入りさせなくて済まなかったね……。そりゃ、里下《さとお》りさせてもよかったのですよ。けれども、旦那さまがせっかくここでの暮らしに慣《な》れたというのに、現在《いま》、品川宿《しながわしゅく》に戻したのでは里心《さとごころ》がつくのでは……と。と言うのも、ここと華《はな》やかな品川宿は対極《たいきょく》にあるようなものですからね……。聞くところによると、おまえさんは芸の道に憧《あこが》れ、自《みずか》ら望んで芸者の道に脚《あし》を踏み入れたそうではありませんか。となれば、元々、芸事の好きなおまえさんが、三味線《しやみ》の音色《ねいろ》や化粧《けしよう》の匂《にお》いのする世界へと戻れば、辛気臭《しんきくさ》い病人の世話などもう二度としたくないと思ったところで仕方がありませんからね……。それで、おまえさんのほうから里下りしたいと言い出すまでは、こちらから水を向けないことにしたのですよ。それに、二日も傍を離れられると、伊織が寂《さみ》しがるのではなかろうかと思いましてね……。幾富士さん、本当は幾千代《いくちよ》さんの許《もと》に戻りたかったのじゃありませんか？」

幾富士の腹を探《さぐ》るかのように、芳野が見据《みす》える。

「いえ、帰りたいだなんて……。あたしは一度もそんなことは考えませんでした」

芳野がほっと安堵の息を吐《つ》く。

「ああ、良かった……。じゃ、恨《うら》んじゃいないんだね？」

「恨むなんて……。あたし、内儀《おかみ》さんから里下りしてもよいと言われたとしても、お断りしていました」

「では、もう芸者に未練はないと？　三味線《しやみ》や舞《まい》が恋しくないと？」

幾富士は暫《しば》し考えた。

三味線《しやみせん》や舞が恋しくないと言えば、嘘《うそ》になるだろう。

ときには、無性《むしよう》に撥《ばち》を握りたくなることもあれば、庭の落ち葉の舞を見ていると、それに合わせて身をくねりたくなることも……。

　そして、秋の夜空に輝く月を眺《なが》めていると、幾千代の三味線の音色と菊丸《きくまる》の小唄が、耳の奥で木霊《こだま》する。

　憂《う》しと見し　流れの昔懐かしや　可愛《かわい》い男に逢坂《おうさか》の関より辛い世のならひ　想はぬ人に塞《せ》き止められて　今は野沢《のざわ》の一つ水　すまぬ心の中にも暫し　すむは由縁《ゆかり》の月の影　忍びて映《うつ》す窓の内　広い世界に住みながら　狭《せも》う愉しむ誠《まこと》と誠　こんな縁《えにし》が唐《とう》にもあろか　花咲く里の春ならば　雨も薫《かお》りて名やたたん

　幾富士が最後の宴席《えんせき》で舞った演目《えんもく》、由縁の月である。

　好きでもない男に身請《みう》けされ、これからは想う男に逢えなくなる哀《かな》しみを、月影に寄せて切々《せつせつ》と嘆《なげ》く遊女……。

　静かな動きの中に、ぞくりとするほどの女ごの艶《つや》と哀惜《あいせき》の情を舞に込め、幾富士の一世一代《いっせいちだい》の晴れ舞台といってもよいだろう。

　弓形《ゆみなり》にくねる腰の線や指の運び、目の配《くば》りに女ごの想いをひしひしと……。

　幾富士は芸者や幾千代への惜別《せきべつ》の念を込め、由縁の月を舞ったのだった。

舞いながら、幾富士は三味線を弾《ひ》く幾千代の目に光るものを見て取った。

ああ、おかあさんも泣いている……。

幾富士は舞いながら感動に胸が顫《ふる》えたのを、現在《いま》でもよく憶えている。

あのときの感動を思い起こす度《たび》に、手が、身体が、腰が……と動きそうになり、幾富士は慌てて何か他のことを考えるように努《つと》めるのだった。

幾富士は芳野を真《ま》っ直《す》ぐに見た。

「芸者を恋しいと思ったことはありません。けど、三味線《しやみ》や舞が恋しくないと言えば嘘になります。殊《こと》に、苦手《にがて》だった舞が人並《ひとな》みに舞えるようになったことで、それまで苦労した分だけ、恋しく思うこともあります……。でも、思い違いをしないで下さいね。だからといって、芸者に戻りたいとは思っていないのですから……」

芳野は眉を開き、ふふっと笑った。

「だったら、お稽古事《けいこごと》としてここで舞えばよいのですよ。舞には三味線《しやみ》や小唄が付きものだけど、なんてことはない、お師《し》さんをここに呼べば済むことですからね……。ねっ、伊織、そうすれば、おまえも目の保養になるというもの……。ねっ、良い考えだと思わないかえ？」

芳野が伊織に目弾《めはじき》をする。

「ああ、そいつはいい！　麻布の見世ではそういうわけにはいかなかったかもしれないが、ここなら、誰に文句を言われようか……。幾富士のお陰で、また一つ愉しみが増えるというものだ！」

伊織が目を輝かせる。

幾富士は狼狽《うろた》えた。

「お待ち下さい！　ここにお師さんを呼ぶだけではなく、地方《じかた》まで呼ぶということなのですか？　そんなことをしたら、一体、幾らかかると思いますか？　しかも、一度きりというのであればまだしも、稽古事となると莫大《ばくだい》な月並銭《つきなみせん》（月謝）となってしまいます。あたしには、とてもそんなことは出来ません！」

芳野は袂《たもと》を口に当て、オッホッホ！　と嗤《わら》った。

「誰が幾富士さんに払えと言いました？　勿論、月並銭はあたしどもで払いますよ。おまえさんはそんなことを心配しなくてよいのですよ」

「駄目です！　そんなことをしては駄目ですよ。どこの世界に、使用人の月並銭の面倒をみるお店《たな》がありましょうか！」

幾富士はますます慌てた。

「使用人の稽古事と考えるから理道《りみち》に合わないように思うのですよ。けれども、あたしは幾富士さんのためというのではなく、伊織のためにと思っているのですよ……。伊織を慰《なぐさ》めるためなら、なんだってしましょうぞ！」

「………」

幾富士は言葉を失った。

「ああ、誤解してもらっては困ります。勿論、幾富士さんのためでもあるのですからね……。それにね、さっき、おまえさんは使用人と言いましたが、あたしどもでは幾富士さんのことを使用人と思っていませんのでね……」

「それは……」

幾富士が目をまじくじさせる。

「幾富士さんは伊織にとって大切な女《ひと》……。そう、身内といってもよいでしょう……」

「………」

幾富士はなんと答えてよいか解らなかった。

そこに、お尚が一輪挿しを手に入って来る。

「まあ、なんて可憐な花なのでしょう……。あたしはこれまでずっと麻布の見世にいたので、梅鉢草を初めて目にしましたよ。お作さんから聞いたのですが、この花の名前って、形が梅鉢の家紋に似ていることから付いたのですってね？　おや、話の腰を折っちまったかしら？　申し訳ありません……。それで、一体なんの話をしていたのですか？」

お尚はそう言うと、一輪挿しを違い棚《だな》の上に置いた。

「いえね、幾富士さんが舞を恋しがっているものだから、だったら、お師さんをここに呼んで稽古をつけてもらえばよいと、そう言ってたんだよ。そうすれば、伊織も退《たい》屈《くつ》しのぎになるし、目の保養にもなるってもんでさ……」

お尚が目を輝かせる。

「内儀《おかみ》さん、それはよい思いつきですこと！　まあ、そうなれば、あたしたちまでが愉しませてもらえるってもんで……。で、いつから始めるのですか？」

芳野が呆《あき》れ返った顔をする。

「何もかもがこれからのことですよ。第一、お師さんを誰にするのか、地方は誰かと考えなければならないことが山ほどもあるのですもの……」

すると、お尚が訳知《わけし》り顔をする。

「あら、何も舞の師匠と地方を別々に考えることはないんですよ……。地方を務めながら舞を教えるって女《ひと》は幾らでもいますからね。ここはお座敷でも見番《けんばん》でもないのですもの、それで充分ですよ」

芳野が目を瞬《しばた》く。

「おや、そうなのかえ……。だったら、話は早い！　お尚、誰か心当たりはないかえ？」

「さあ……。咄嗟には思い出せませんが、少し調べてみますよ。じゃ、あたしは夕餉の仕度《したく》にかかりますんで……」

お尚が厨に去って行く。

幾富士は意を決したように、芳野を瞠《みつ》めた。

「先ほどの話なんですが、あたしに話とは……」

「ああ、そのことね。それは夕餉を済ませてからってことにしましょうか」

「なんだって？　このうえ、なんの話があるというのかよ……。幾富士を困らせるようなことなら、あたしが許さないからね！」

伊織が険《けわ》しい目をして、芳野を睨《ね》めつける。

「何を言ってるのですよ。あたしが幾富士さんを困らせるようなことを言うわけがないじゃないですか！　いえね、これは幾富士さんにというより、伊織、おまえに話さなければならないことなんですよ。だから、すべては夕餉を済ませてから……。じゃ、ちょいと夕餉の段取《だんど》りを確かめてこようかね」

芳野がそう言い、居間を出て行く。

伊織が訝《いぶか》しそうな顔をして、その背を見送る。

幾富士は伊織の気を逸《そ》らせようと、

「お茶でも淹《い》れましょうか」

と言った。


その夜、お尚が作った夕餉は、鮭の幽庵焼《ゆうあんやき》、秋野菜の炊《た》き合わせ、大根膾《だいこんなます》の筋子載《すじこの》せ、栗ご飯《はん》、蜆《しじみ》の味噌《みそ》汁《しる》、茄子《なす》の糠漬《ぬかづけ》だった。

鮭は芳野が持参したもので、お腹にたっぷりと筋子が詰まっていたので、早速、醤《しょう》油漬《ゆづけ》に……。

そして、秋野菜は殆《ほとん》どが裏の畑でお作が育てたもので、炊き合わせに使った南瓜《かぼちゃ》、茄子、蓮《はす》、牛蒡《ごぼう》、枝豆《えだまめ》、茗荷《みょうが》の中で、買い求めたものは蓮だけといった按配《あんばい》で、無論《むろん》、栗は庭の片隅《かたすみ》にある栗林から……。

この夜の伊織は食が進み、芳野が驚いて目を疑ったほどである。

「伊織がこんなに食欲を見せてくれるとは……。身体が不自由になってからは、どんなに好物を並べてみても、ほんのひと口箸《はし》をつけるだけだったのに、まあ、ごらんなさいよ！　伊織の膳《ぜん》には何も残っていないではありませんか……」

「それだけではありませんよ。栗ご飯のお代わりまでなさいましたからね……。こちらに移ってからは、見世にいた頃よりも随分《ずいぶん》と食が進むようになっていたといっても、こんなに食べて下さるなんて、あたしも作り甲斐《がい》があるというもの……。坊ちゃん、愉しみにしていて下さいね。筋子の醬油漬はまだたっぷりと残ってますんで、明日は筋子ご飯にしますからね。それに、鮭もまだ半尾《はんび》残ってますんで、味噌漬にしておきましょうね。そうしておけば、まだ暫くは食べられますので……」

お尚が満足そうに頰を弛める。

「捨吉やお作にも同じものを食べさせたのでしょうね？」

芳野が厨のほうをちらと見る。

「ええ。捨吉さんたら、盆と正月が一遍《いっぺん》に来たみてェだ、と目をまじくじさせていましたからね……。有難いことです。こうして分け隔《へだ》てなく、使用人のあたしたちにも振る舞って下さるのですものね。麻布の連中が聞けば、さぞや羨《うらや》ましがることでしょうよ……」

お尚が気を兼ねたように言う。

いつもは、伊織と幾富士が食間で食事を摂《と》り、お尚は捨吉やお作たちと厨で摂ることになっていたが、今宵は芳野がお尚に自分たちと一緒に食べるようにと促《うなが》し、それぱかりか、捨吉やお作にも同じお菜《さい》を食べさせるようにと命じたのである。

「見世の連中には聞かせられないが、たまにはいいさ……。伊織がこんなに機嫌《きげん》よく暮らしていられるのは、おまえたちのお陰だからね。せめて、このくらいのことはしなくては……」

芳野はそう言い、納得したように頷《うなず》いてみせた。

正な話、芳野は伊織の面差しから翳《かげ》りが消えたのが、余程《よほど》、嬉しかったとみえる。

殊に、捨吉が造った腰掛車には意表《いひょう》を突かれたようで、自ら腰かけてみたり押してみたり、まるで幼子《おさなご》のような反応を見せたのだった。

「この前来たときにも介助椅子に驚かされましたが、まさか、それに車輪をつけるとはね……。けれども、これがあれば、伊織が庭を散策できます。捨吉、ご苦労でしたね。何か褒美《ほうび》を遣《つか》わせなければね！」

「褒美なんて滅相《めっそう》もねえ……。あっしは坊ちゃんに悦んでもらえりゃ、へっ、もうそれで満足でやす……」

捨吉は照れたように大柄な身体を丸めた。

それで、芳野は使用人たちに馳走《ちそう》を振る舞う気になったのであろうが、芳野から食間で自分たちと一緒に食事を摂るようにと言われたお尚は、挙措を失った。

「いいえ、あたしは厨で摂らせてもらいます。けど、給仕はやらせてもらいますんで……」

「給仕は食べながらでも出来ることですからね。今宵はあたしも加わりますし、伊織も大勢で食べたほうが愉しいに決まっています」

芳野にそこまで言われたのでは、お尚もそれ以上固辞《こじ》するわけにはいかなかった。

それで、四人は膳を囲むことになったのであるが、お尚の箸は一向《いっこう》に進まない。

給仕の合間に、ちょこっと箸をつけては、再び給仕へと……。

伊織の膳など既《すで》に食器が空《から》となっているのに、お尚の膳は、ご飯もお菜も三割方しか減《へ》っていないのである。

「今、お茶をお淹れしますんで……」

お尚が立ち上がろうとする。

「いいの。お尚さんは食事を続けて下さいな。あたしが仕度をしてきますので……」

幾富士がお尚を制し、厨に下がって行く。

厨では、捨吉とお作が食後の茶を飲んでいた。

「もう、食事はお済みで？　あっ、お茶ですね。はい、こちらに仕度してありますんで……」

お作が幾富士の姿を認め、急須《きゅうす》や湯呑《ゆのみ》、茶筒《ちゃづつ》を載せた盆を指差す。

「二人とも、今宵の夕餉はどうでした？」

幾富士が訊《たず》ねると、捨吉はでれりと相好《そうごう》を崩《くず》した。

「美味《うめ》ェなんてもんじゃねえ！　生まれて初めて筋子を口にしたが、あんなに美味ェとはよ……。あんまし勿体《もったい》なくて、罰《ばち》が当たるんじゃねえかと思ったほどでよ……。今も、嬶《かかあ》と話してたんだが、長生きはしてみるものよ、こんなに美味ェものに巡《めぐ》り逢えたんだからよ。なっ、お作？」

お作も満面《まんめん》に笑みを浮かべた。

「鮭も筋子も美味《おい》しかったけど、秋野菜の炊き合わせのなんて美味《うま》かったことか……。あたしが育てた野菜があんな化《ば》け方をするとはね！　けど、食べてみて、あたしにも初めて解りましたよ。あたしに煮物《にもの》を作らせたら、何でもかんでも一緒くたに煮付《につ》けてしまうけど、お尚さんは違うんだ……。南瓜は南瓜、茄子は茄子と別々に味をつけ、しかも食べる寸前まで煮汁《にじる》に浸《ひた》して味を染《し》みさせ、それから盛りつけていくんだからさ！　そんな面倒《めんどう》なことをして……、と思ってたけど、食べてみて味の違いがはっきりと解りましたからね。けど、あたしにはあんな真似《まね》は出来ない……。内儀《おかみ》さんが坊ちゃんの食事の仕度をお尚さんに委せた気持がよく解りました」

「おめえはがさつだからよ！　永《なげ》ェこと、おめえの不味《まず》いお菜を我慢《がまん》して食ってやったんだから、有難く思えよ！」

「へっ、そりゃ悪うござんしたね！　けど、お尚さんが野菜を美味く炊けたといっても、野菜を作ったのはあたしなんだからね。おまえさんが何をしたというのさ！　落ちている栗を拾ってきただけじゃないか」

「てめえ、黙って喋《しゃべ》れってェのよ！　ただ拾ってきたわけじゃねえんだ……。毬《いが》から実《み》を外《はず》し、皮を剝《む》いたのは誰だと思う！」

二人の言い合いに、幾富士が狼狽える。

「二人とも、もうそのくらいで……。じゃ、お茶を運んでいきますからね」

幾富士は身体を返し、食間に戻って行った。

「遅かったじゃないか」

芳野が声をかけてくる。

「ごめんなさい。捨吉さんたちと少し話していたものだから……。二人とも、今宵、相伴《しょうばん》に与《あずか》れたことを悦んでいましたよ」

「それで、なんて言ってた？」

お尚が幾富士から盆を受け取り、茶の仕度をしながら訊ねる。

案の定、二人の反応が気になるとみえる。

「ええ、二人とも美味しかったって……。捨吉さんなんて、筋子を初めて口にしたものだから、こんなに美味しいものを食べたのでは罰が当たるのじゃないかと……。そうそう、お作さんは秋野菜の炊き合わせを褒《ほ》めていましたよ。野菜を別々に煮付けて大層《たいそう》手間のかかることをしていると思っていたが、食べてみて、味の違いがよく解ったと……。ふふっ……」

幾富士が二人の言い合いを思い出し、くすりと肩を揺らす。

「なんだえ、何が可笑《おか》しいのさ」

芳野が訝しそうな顔をする。

「それが……。お作さんが自分にはとてもそんな手間のかかることは出来ないと言うと、捨吉さんがそれはおまえががさつだからだ、これまでおまえの不味いお菜を黙って食ってやったんだから有難く思えって言うと、お作さんが、お尚さんは美味く野菜を炊けたかもしれないが、その野菜を作ったのはあたしなんだからねって……。それからは、ああ言えばこう言うで、あたし、どうしてよいのか……」

「それで、這々《ほうほう》の体《てい》で逃げ帰ったというんだね。気にしなくてもいいんだよ。あの二人はいつもああなんだから……。喧嘩《けんか》するほど仲がよいの口で、言い合うのが二人の愉しみなんだからさ」

芳野は平然とした顔でそう言うと、お茶を口に含んだ。

どうやら、やっとお尚も食事を食べ終えたようである。

「食後の水物《みずもの》には何を用意しているんだえ？」

芳野に訊《き》かれ、お尚が、無花果《いちじく》と梨《なし》がありますが、どちらを？　と問い返す。

「伊織はどっちがいいのかえ？」

「梨にしようか。腹中満々《ふくちゆうまんまん》なので無花果はちょっと……」

「では、すぐにお持ちしますね」

お尚と幾富士が両手に膳を持ち厨に入って行くと、捨吉とお作が仲睦《なかむつ》まじく皿小《さらこ》鉢《ばち》を洗っていた。

お尚と幾富士が顔を見合わせ、くすりと肩を揺らす。

「ほら、図星《ずぼし》だ！　内儀《おかみ》さんが言うように、さっきのは痴話《ちわ》喧嘩《げんか》だったのさ」

「そうみたいですね……」

「じゃ、あたしが梨を剝くから、幾富士さんは運んでおくれ」

「はい」

「梨を剝き終えたら、あたしは厨の片づけをするんで、あとのことは頼んだよ。内儀《おかみ》さんからおまえさんに話があるようだから……」

「ええ、食後、伊織さんとあたしに話があるとか……。一体、何かしら？」

「さあ……。あたしにはさっぱり……」

幾富士の胸がどこかしらざわめいた。

芳野は幾富士にというより、伊織に話があると言ったのである。

それを幾富士にまで聞かせるとは……。

一体、どんな話なのだろうか……。

悪い話でなければよいが……、とそう思えば思うほど、ますます不安が募《つの》ってくる。

「さっ、梨を運んでおくれ！」

お尚のその声に、幾富士はハッと我に返った。

「それで?」

伊織が梨を食べ終え、改まったように芳野を見据えた。

「えっ……」

芳野が目を瞬く。

「話があるんだろ? だったら、さっさと済ませてくれよな」

「ええ、それはそうなんだけど……。実はね、旦那さまと話したんだが、そろそろ京藤も先行きのことを考えておかなければと思ってさ。そう、跡継《あとつ》ぎのことなんだけど、京藤にはおまえしか子がいない……。当然、おまえが後を継ぐと思っていたし、二十六歳になるまで息災《そくさい》でいてくれ、やれ、これでおまえに所帯を持たせれば京藤は安泰《あんたい》だと思っていたんだよ。ところが、四年前、おまえが落馬して半身不随《はんしんふずい》の身となった……。あたしたちは生命《いのち》が助かってくれたことで天に礼を述べ、一方、こんな身体にされたことで呪《のろ》いもした……。けれども、どんな身体になろうとも、おまえはあたしたちにとって、掛け替《が》えのない可愛い息子……。だから、商いのことは店衆《たなし》に委せ、おまえはいてくれるだけでよいと思っていたのですよ。だが、そうもいかなくなってね……」

芳野はふうと太息《ふといき》を吐いた。

「実は、此度《こたび》、大番頭が老《お》いを理由に身を退《ひ》くことになり、番頭の安吉《やすきち》が大番頭に昇格したんだが、安吉とて五十路を超《こ》えている。そこで、はたと考えてね……。安吉がいなくなったら、誰が見世を束ねていくのだろうかと考えると、やはり、主人《あるじ》が前面に立たなくてはと思い直すようになったのですよ……。それで、旦那さまが親戚筋から養子を貰《もら》い、見世を託《たく》すより方法がないのではなかろうかと言い出されてね……。勿論、養子にはおまえのことを理解させたうえでのことです。現在《いま》は旦那さまもあたしも息災ですが、歳《とし》のことを思うと、この先いつまで生きていられるか判らない……。だから、あたしたちが亡くなった後も、これまで通り立行《たちいき》していけるように、養子にはおまえを庇護《ひご》してもらわなければなりません。となると、誰でもよいというわけにはいきませんからね。それで考えたのですけど、あたしの実家《さと》結城屋《ゆうきや》の信彦《のぶひこ》はどうだろうかと……。ほら、おまえも信彦のことは知っているでしょう？　歳も三つ違いだし、従弟《いとこ》なんだから、気心《きごころ》も知れている……。しかも、信彦は結城屋の次男ときて、うちに養子として入れれば、結城屋の兄さんも悦ぶのではないかと思って打診してみたところ、これが大悦びでね……。京藤にしてみればこんなに有難い話はないのだけど、親の身になると、実の息子がいるのに甥《おい》に見世を譲《ゆず》らなければならないのは辛いし、何より、おまえが不憫でね……。ねっ、どう思うかえ？」

芳野が探るように伊織を窺《うかが》う。

「……………」

「黙っていないで、なんとか言っておくれよ……」

「……………」

「ああ、やはり、怒ってるんだね。思い違いをしないでおくれよ。養子を貰ったとしても、あたしたちの息子はおまえ一人なんだからね」

「それで、肝心《かんじん》の信彦はなんと言っているのですか」

伊織がやっと口を開く。

「ああ、それは悦んでいますよ。おまえが不自由な身体になったことも知っていて、伊織兄さんのことは自分に委せてくれ、何があろうとも護《まも》ってみせるからと、そう言ってくれてね……」

「だったら、それでよいではないですか！　こんな身体になった役立たずのあたしが口を挟《はさ》むことではない」

「伊織、おまえ……」

「ただ、これだけは言っておきます。あたしは信彦が京藤を継ぐことになんら異存《いぞん》はない……。が、信彦があたしを護るとはおこがましい！　あたしはあの男に護ってもらうつもりはないからよ」

「信彦に護ってもらうつもりがないといっても……。じゃ、あたしたちに万が一ってことがあったら、おまえはどうやって立行していくつもりですか？」

「あたしには幾富士がいる。お尚もいれば、捨吉やお作もいる……。ここで現在《いま》の暮らしをしていければよいのだから、あたしが生きている間、困らないだけの金を仕度しておいて下さい」

「金のことは案じなくてよいのですが、おまえ、そんなことを言っても……。いくら幾富士さんがいればよいといっても、この女《ひと》は女房ではないのだし、お尚も四十路半《よそじなか》ば……。捨吉やお作にいたっては、五十路を超えているわけですからね。あと何年、傍にいてくれるか判らないのですよ。やはり、信彦に後《うし》ろ盾《だて》となってもらうより仕方がないのでは……」

「…………」

伊織は何か考えているようだった。

「どうしました？」

芳野が不安そうに覗《のぞ》き込むと、伊織が意を決したように芳野に目を据えた。

「おっかさんは幾富士は女房ではないと言ったね？」

「ああ、確かにそう言ったが、それがどうかしましたか？」

「だったら、幾富士を嫁に貰おうではありませんか！　なっ、幾富士、いいだろう？」

伊織に瞠められ、幾富士が狼狽える。

「あたし……、あたし、なんて言えばよいのか……」

「あたしの嫁になると言えばいいんだよ。ねっ、おっかさんも反対はしないだろう？　現在《いま》、あたしが心を許せるのはこの女《ひと》しかいないんだから……。おとっつァんもきっとそれでよいと言ってくれるはずです」

「ああ、それはまあ、幾富士さんさえよければ、あたしに異存はないけどね。けど、幾富士さんの身にもなってごらんよ。世話係としておまえの世話をするのと、女房の立場で世話をするのでは随分と違うからね。女房なら、女ごの幸せを望みもするし、子を産《う》みたいと思うかもしれない……。しかも、世話係なら、嫌《いや》になればさっさと出て行けるでしょうが、女房の立場では、身体の不自由な亭主を放って出て行くことは叶わない……。おまえは幾富士さんをそんな立場に追い込んでよいというのですか！」

「…………」

伊織は悔《くや》しそうに唇を嚙《か》み締《し》めた。

見かねて、幾富士が割って入る。

「内儀《おかみ》さん、それは違います！　あたしは女ごの幸せなど欲しくはありません。ご存知と思いますが、あたしは芸者をしていた頃に過《あやま》ちを犯《おか》し、父親《てておや》のいない娘《こ》を身籠《みご》もりました。女房にしてやると言う言葉を信じて身体を許したのですが、騙《だま》されたと知ったのはお腹に赤児《やや》を宿した後のことで……。結句、父《てて》なし子を産むことになったのですが、腎《じん》の臓《ぞう》を病《や》み、挙句《あげく》、死産してしまいました……。以来、寝たり起きたりの毎日で、再びお座敷に出られるようになるまで十月《とつき》もかかり、おまけに医者からは二度と子を産めないだろうと……。そんなあたしです。女ごの幸せなんて、とっくの昔に諦めています。それに、こうして伊織さんの世話をするようになって思ったのですが、人と人との間で何より大切なのは、互いに信頼する心なのではなかろうかと……。男と女ごの間でも同じです。身体よりも、心の繋《つな》がりのほうが尊《とうと》く、それが幸せに結びつくのではないかと、あたしはそう思っています」

幾富士は言い淀《よど》むことなく、時折、伊織に視線を移しながら、はっきりとそう言った。

なんと、幾富士が伊織への想いを打ち明けることになろうとは……。

幾富士も、言いながら初めて、我が心に気づくことになったのである。

「幾富士さん、おまえ……」

「幾富士……」

芳野と伊織が、驚いたように幾富士を見る。

幾富士の頬にさっと紅葉が散った。

あたしはなんてことを言ってしまったのであろうか……。

「では、おまえさん、伊織の嫁になってもよいとお言いなのだね？」

芳野が幾富士の腹を確かめるように瞠める。

「伊織さんがそう望んで下さるのなら、悦んで……。あたし、伊織さんの傍にいて、幸せなんです。あたしを求めて下さる男《ひと》の傍にいられることほど幸せなことはありませんもの……」

「幾富士、本当にいいのか？　お袋が言ったように、あたしはおまえに女ごの幸せを与えてやれないのだぞ。それでもいいのか？」

伊織が瞠める。

「はい。伊織さんの傍にいられることこそが、あたしの幸せなんですから……」

幾富士と伊織は瞠め合った。

その場に芳野がいなければ、互いに抱き合っていたかもしれない。

芳野が軽く咳《しわぶき》を打つ。

「解りました。では、早速、あたしは旦那さまにその旨《むね》を伝えましょう。けれども、一つ気懸かりなことがあります。幾富士さんはそれでよいとしても、母親代わりの幾千代さんがなんて言われるか……。幾富士さんがここに来たのは伊織の世話をするという名目《めいもく》でした。あの折、期限を決めたとは聞いていませんが、もしかして、幾千代さんの腹には、二、三年ここにいさせて、その後は再び芸者の道に戻す腹があるのかもしれない……。それに、一番の気懸かりは、身体の不自由な男に嫁《とつ》がせることを、幾千代さんがすんなりと受け入れて下さるかどうか……。ですから、まずは幾千代さんに頭を下げて、納得してもらうことから始めなければなりません……。幾富士さん、やはり、一度品川宿に戻り、幾富士さんと話し合ってくるべきかと思いますよ。そうですね、京藤が嫁に貰うのであれば、旦那さまにも供をさせたほうが……。ああ、そうと決まったら、やらなければならないことが山ほども……。伊織はこんな身体といっても京藤の一人息子なのだから、形だけでも祝言《しゅうげん》を挙《あ》げなければなりません。場所は、やはり、ここがよいでしょうね。身内だけのささやかな祝言といっても、祝膳《いわいぜん》だけは此度も立場茶屋おりきの板頭《いたがしら》に頼むことにしてと……。ああ、忙しくなるわ。お尚！　お尚はいませんか？」

芳野が襖《ふすま》に向かって大声を上げると、外から啜《すす》り泣く声が聞こえてきた。

芳野が怪訝《けげん》な顔をして、襖をさっと開く。

なんと、お尚が前垂《まえだ》れで顔を覆《おお》い、噎《むせ》び泣いているではないか……。

「お尚、はしたない！　立ち聞きしていたとは……」

芳野が甲張《かんば》った声を上げると、お尚は堪《こら》えきれずにワッと泣き崩れた。

「だって、気になって……。あたし、嬉しいんですよ。あたしが乳母代わりになって育てた坊ちゃんが……。身体が不自由になって、もう二度と人並みな幸せは味わえないと思っていた坊ちゃんが……。幾富士さん、有難うね！　おまえさんなら、三国一の花嫁になれる。坊ちゃんにこれほど相応《ふさわ》しい嫁がいようかよ。あァん、あァん、有難うね……」

後はもう、言葉にはならなかった。

幾富士も感極《かんきわ》まって、目に涙が……。

芳野の目も涙で光っていれば、伊織など肩を顫わせているではないか……。

と、そのとき、厨からウオッ……と獣《けもの》が吠《ほ》えるような泣き声が上がった。

捨吉の声のようである。

幾千代は文《ふみ》を読み終えると、厨に向かって大声を上げた。

「お半《はん》！　大変なことになっちまったよ。お半、お半ったら！」

その声に、お半が前垂れで手を拭《ぬぐ》いながら慌てて茶の間に入って来る。

「どうしました……」

「これ……、これをごらんよ」

幾千代が指先でひらひらと文を揺らす。

「文に何か……。確か、京藤からの文だったと思いますが……」

「いいから、読んでごらんよ」

お半が訝しそうな顔をして、文を手にする。

「まあ、九月三日に京藤の旦那さまがお越《こ》しになるって……。しかも、幾富士さんも一緒に……。良かったではないですか！　八月《やつき》ぶりですものね。けど、九月三日と言えば、まあ、明日《あした》ではないですか！」

「そうだよね？　明日だよね？　なんだえ、だったらもっと早く知らせて来ればよいのに、今からじゃ、何も仕度が出来ないじゃないか……」

幾千代が気を苛《いら》ったように言う。

「仕度って……」

「だって、幾富士には初めての里下りなんだよ。言ってみれば、ここはあの娘《こ》の実家《さと》……。美味いものをたらふく食べさせてやりたいじゃないか！」

お半にもようやく幾千代の言う意味が解ったとみえ、ああ……、と頷いた。

「明日は何刻《なんどき》にお見えになるのでしょう。それによって、仕度が違ってきますからね」

「それが書いてないんだよ。昼近くなら、中食《ちゅうじき》の仕度をしておかなきゃならない……。どうしようか……」

幾千代が困じ果てた顔をする。

「取り敢《あ》えず、お茶の仕度をしておいて、あとは状況を見てということにしてはどうでしょう」

「仕出しを頼むか、どこかに案内するってことかえ？」

「あたしがお作りしてもよいのですが、幾富士さんだけならまだしも、京藤の旦那さまの口に合うものが作れるかどうか……」

「そうなんだよ。口が肥《こ》えているだろうからさ。かと言って、立場茶屋おりきに連れて行くと行っても、旅籠《はたご》は中食を出さないし、まさか、茶屋のほうでお茶を濁《にご》すってわけにもいかないじゃないか……。仕出しも同様で、前もって頼んでいれば巳之《みの》さんも都合《つごう》をつけてくれたかもしれないが、急なことではさ……。せめて、昼間のうちに文が届いていれば、おりきさんに相談できたのにさァ……」

「いいえ、文は七ツ（午後四時）前に届いていたんですよ。けれども、まさか、こんな内容と思わなかったので、わざわざお座敷まで届けることはないと思い、お帰りになるのを待っていたんですよ。ごめんなさい。気が利《き》かなくて……」

お半が申し訳なさそうに、上目《うわめ》に幾千代の顔色を窺う。

「おまえが謝ることはないんだよ。京藤がもっと早く知らせて来ればよかったんだからさ！　てことは、幾富士の里下りは突然決まったってわけかえ？　えっ、旦那がついて来るってことは、まさか、幾富士がやりくりして、文句を言いに来るってことかも……。暇を言い渡すだけでは飽《あ》き足りず、あちしに苦情《くじよう》を持ち込もうって腹なのかも……。ああ、上等《じようとう》じゃないか！　元はといえば、身体の不自由な息子の世話を幾富士に頼めないかと京藤のほうから頭を下げてきたんだ……。冗談じゃないよ！　幾富士はこれまでなんのために、研鑽《けんさん》を積んできたと思うんだよ！　三味線《しやみ》や舞が上手《うま》くなりたい、品川宿一の芸者と呼ばれるようになりたいと思ったからじゃないか！　幾富士はそれを棒に振ってまで、自分が力になれるのであればと進んで京藤に行ったんじゃないか……。あちしはあの娘《こ》を手放したくはなかったんだ！　ああ、よいてや！　もう用済みというのなら、悦んで返してもらおうじゃないか……。お半、中食なんて仕度することはないんだよ。ああ、業が煮《に》えるったらありゃしない！」

　幾千代が忌々《いまいま》しそうに唇をへの字に曲げる。

　お半は狼狽えた。

「おかあさん、京藤の旦那さまが苦情を言いに来るのかどうか、まだ判らないのですよ」

「ただの里下りに、旦那がついて来ると思うかえ？」

「いえ、思いませんが……」

「だろう？　ほら、ごらんよ」

「………」

　お半はなんと答えてよいのか解らず、俯《うつむ》いた。

　そこに、厨のほうから黒猫の姫《ひめ》が入って来ると、ミャア……、と鳴き声を上げ、幾千代の傍に寄って来た。

　幾千代は姫を膝《ひざ》に抱き上げると、耳許に囁いた。

「姫、明日、幾富士が戻って来るんだって！　良かったねえ……。おまえも嬉しいよね？」

姫が長い尻尾《しっぽ》を揺らす。

「そうかえ、そうかえ……。あちしの気持が解るのは、おまえだけだもんね！」

先ほどとは打って変わった幾千代の声音《こわね》に、お半は呆れ顔をして厨に戻って行った。

一夜明け、幾千代はお半を見番に遣わせ、その日のお座敷すべてに断りを入れると、京藤染之助と幾富士がいつ来てもよいように待機することにした。

とは言え、どこかしら落着かない。

何度も玄関を出て表を窺ってみたり、座布団《ざぶとん》の位置を直したりと意味のない行動を繰《く》り返し、染之助がああ言えばこう返そうと、頭の中はすっかり恐慌《きょうこう》を来《きた》していた。

そんな幾千代を見ても、お半はもう何も言わない。

幾千代の居ても立ってもいられない胸の内が、手に取るように伝わってきたからである。

猟師町《りょうしまち》の仕舞《しも》た屋の前に二台の四ツ手（駕籠《かご》）が停《と》まったのは、八ツ（午後二時）を廻った頃だった。

「おかあさん、お久し振りです」

幾富士は四ツ手から降《お》りると、懐かしそうに零《こぼ》れんばかりの笑みを見せた。

八月《やつき》ぶりに見る幾富士はまさに地娘《じむすめ》（素人娘）そのもので、其者《それしゃ》の垢《あか》をすっかり落としていた。

が、化粧気《けしょうけ》のない顔といっても目が黒々と輝いていて、それだけで、現在《いま》、幾富士が如何《いか》に満ち足りているのかを物語っていた。

「幾富士、おまえ、見違えたじゃないか……。どれ、顔をよく見せてごらん。よく戻って来たね！」

幾千代が幾富士の手を握る。

「やあ、幾千代姐《ねえ》さん、無沙汰《ぶさた》をして済まなかったね。突然の訪問で驚かせてしまったが、今日は直接訪ねてお願いしたいことがあったものでね……」

染之助が深々と辞儀をする。

「まあ、京藤の旦那ったらなんだろうね。来るなら来るで、もっと早く知らせてくれればいいのに、昨日の今日じゃ、持て成そうにも何も出来ないじゃないか！」

幾千代はわざと突っ慳貪《けんどん》な言い方をした。

最初《はじめ》に、皮肉のひとつでも言っておきたかったのである。

「済まなかったね。いや、ここを訪ねることは一廻り《ひとまわ》（一週間）も前に決まっていたんだが、あたしが見世の用に手を取られてしまってね……。今日来られると判ったのが、昨日になってからなんだよ。いや、申し訳ないことをした……」

染之助が再び頭を下げる。

「いいから頭を上げて下さいな。さっ、中に入った、入った！」

幾千代が二人を導《みちび》き、玄関へと入って行く。

客間に通された染之助は、改まったように部屋の中を見廻した。

「ここに来るのはこれで二度目だが、なんだか少し雰囲気が変わったような……」

「おや、そうかえ？　何ひとつ変わっちゃいないがね……。と言うか、おまえさん、先《せん》に来たときは、息子の世話係に幾富士を貸してくれないかと頼みに来たものだから、がちがちに鯱張《しやちこば》っていて、部屋の様子など眼中になかったのじゃないかえ？」

幾千代がお茶を淹れながらそう言うと、染之助は照れ臭そうに月代《さかやき》に手を当てた。

「確かに、おっしゃるとおり……。実は、今日も、おまえさんに頼みがあってきたんだがよ」

染之助がそろりと幾千代を窺う。

「頼み？　へえ、そうかえ……。おまえさん、頼みがあるときしかあちしを訪ねて来ないんだ……。が、まあ、聞こうじゃないか。あちしはてっきり幾富士がやりくじりでもして、苦情を言われるものと思ってたんだがね……」

「苦情？　天骨《てんこち》もない！　それどころか、幾富士にはよくやってもらっていて、礼を言わなければならないくらいですよ」

染之助が慌てて、なっ？　と幾富士を見る。

幾富士は恥ずかしそうに目を伏せた。

幾千代はどうにも胸を押さえることが出来ず、怒りを地面に叩《たた》きつけるようにして、立場茶屋おりきに向かって歩いて行った。

決して幾富士の気持が解らないわけではない。

寧ろ、伊織の傍にいられて現在《いま》ほど幸せなことはないと幾富士が言うのであるから、これまで辛いことの多かった幾富士にやっと訪れた静かな暮らしを悦んでやるべきであろう。

が、それが解っていて、幾千代には幾富士に裏切られたように思えてならないのである。

なんだえ、大井村《おおいむら》の水呑百姓《みずのみびやくしよう》の娘だったおさん（幾富士）を引き取り、一人前の芸者に仕込んでやったのはこのあちしだよ！

あの娘《こ》には旦那を取らせず、あちしの力で自前芸者にしてやったんじゃないか……。

幾富士のお披露目《ひろめ》に大枚《たいまい》を叩《はた》いたことで、恩着せがましく思ってるんじゃないんだ。

あちしはあの娘《こ》のためなら、幾ら遣ったってよかったんだ……。

我が娘《こ》のように思い、芸事が好きだというあの娘《こ》にあちしの夢を託していたんだからさ。

さすがは幾千代姐さん、よい二代目に育てたじゃないか、と世間から言われたいとも思ったし、正な話、幾富士の中にあちしと同じ資質《ししつ》を見ていたんだ。

だからこそ、又一郎《またいちろう》という女誑《おんなたら》しに騙され赤児《やや》を孕《はら》んだときも、これも宿命《さだめ》、生まれてくる子はあちしが育ててやろうじゃないかと思ったし、幾富士がお腹の子を死産し、それが原因《もと》で腎の臓の病《やまい》が高じたときも、まずは病を治《なお》すのが先決、いつだって芸者に戻れるのだからと、病の幾富士を支え続けてきたんじゃないか……。

それもこれも、あの娘《こ》が本気で芸の道を突き進みたいと願っていると思ったから……。

それなのに、なんだよ！

伊織さんの傍にいて、世話をして上げることほど幸せなことはないだって？

そりゃさ、あちしも京藤から幾富士を貸してほしいと頭を下げられたとき、渋々《しぶしぶ》ながらも承知したさ。

けど、それは奉公と同じで、年季が明ければ戻してくれると思ってたからじゃないか！　それがなんだえ！　伊織さんの嫁になるだって？

そりゃさ、あちしだって、幾富士に見合った相手がいれば、いつかは嫁に出してやってもよいと思ってたんだ。

けど、それは決して身体の不自由な男に添わせることではなかったんだ……。

それなのに、あの娘《こ》ったら、身体で契《ちぎ》り合うことは出来なくても、心と心が結ばれていれば、これほど幸せなことはないと来た……。

そう、こうも言ってたっけ……。

おかあさん、あたしは二度と赤児《やや》を産めない身体なんですよ。そのあたしが伊織さんに巡り逢えたのですもの、きっと、これがあたしの宿命《さだめ》なんですよ……と。

そうなんだ……。あちしはその言葉に、強《したた》かに頬を打《ぶ》たれたように思ったんだ……。

身体で契り合うことは出来なくても、心と心が結ばれていたら、これほど幸せなことはない。

これぞ、半蔵《はんぞう》へのあちしの想いじゃないか……。

あちしのために御店《たな》の金を盗《ぬす》んだとあらぬ疑いをかけられて鈴ヶ森《すずがもり》で処刑された半蔵だが、あちしは現在《いま》もあん男《ひと》と繋がっている……。

だからこそ、半蔵亡き後も、他の男に惑《まど》わされることなく芸者一筋で生きてこられたし、あれ以来、月命日には海蔵寺《かいぞうじ》の投込塚《なげこみづか》にお詣《まい》りしてきたんじゃないか……。

だから、幾富士に言われるまでもなく、肉欲よりも心の繋がりのほうがより強いことを誰よりも知っている。

負けた、と思った。

幾富士の言っていることが正しいと解っているからこそ、尚、悔しい……。

なんだろうね、あちしったら！

いつもの、ああ、よいてや！　鬼でも蛇《じゃ》でもかかってこい、とあの伝法《でんぽう》さは一体どこに消えちまったんだろう……。

ああ、嫌だ、嫌だ！

あちしって、こんな女々しい女ごじゃなかったはずなのに……。

けど、誰かに胸晴《むねはらし》をしなきゃ、収まりゃしない。

幾千代の頭の中は千々《ちぢ》に乱れ、ぶつくさ独《ひと》りごちながらおりきの許へと急いでいるのだった。

けど、冷たいったらありゃしない！

ひと晩くらい泊まっていくのかと思っていたのに、今日はお願いに来ただけで、夕餉までには戻らないと伊織さんが心細がるだろうからと、さっさと京藤の旦那について帰っちまうとは……。

幾千代は苦々しそうに顔を顰《しか》めた。

染之助は幾千代が黙りこくってしまったのを見て、異存はないと思ったのか、

「では、祝言の日取りが決まりましたならば、改めて、ご挨拶《あいさつ》に参りますので……。その折、立場茶屋おりきの女将さんに祝膳の仕出しをお願いしようと思っています。いえね、祝言といってもごく内輪のささやかなもので、伊織と幾富士の二人に、あたしと家内、それに幾千代姐さん、叶うものなら、立場茶屋おりきの女将さんにも列席してもらえればと思っています。それで宜《よろ》しゅうございますね？」

と幾千代の顔を覗き込んだのである。

幾千代は頷かずにはいられなかった。

まさか、この幾千代姐さんが臍《へそ》を曲げていると思われたのでは敵《かな》わない。

これまで培《つちか》ってきた、俠《きゃん》で鉄火《てっか》で競肌《きおいはだ》という看板にかけても、そんなことは許せな

い……。

なんせ、潔《いさぎよ》いのが売りなのだから……。

「良かった！　じゃ、これで決まりだね。そうと決まったからには、今日のところはこれで……。この次、挨拶に来たときに、やるべきことをやりますんで……。それで、幾富士はどうする？　今宵ひと晩、泊まって帰っても構わないのだぞ」

染之助はすっかり安堵したようで、満足そうに幾富士を見た。

「いえ、伊織さんに夕餉までには戻ると言ってきてますんで……」

あっと、幾千代は幾富士を見た。

まさか、幾富士の口から、こんな言葉が飛び出そうとは……。

が、そのことより、染之助の言った、やるべきこと、に引っかかっていた幾千代は染之助に目を戻した。

「ちょいと、京藤の旦那、やるべきこととはなんのことかえ？」

ああ……、と染之助は笑った。

「では、結納《ゆいのう》と言ったほうがよかったかな？　幾富士から聞いたのだが、おまえさん、幾富士のお披露目の掛かりのすべてを賄《まかな》ったそうではないか……。幾富士を一本にするためにそこまでしたというのに、うちが金も払わずただで貰っていくわけにはいいかないではないか……。それで、結納という名目で百両ほど……。あっ、それでは足りないかな？」

染之助が幾千代の顔を睨めつける。

「てんごう言うのも大概《たいがい》にしてくんな！　あちしが幾富士にかけた金を惜《お》しいとでも？　憚《はばか》りながら、あちしはそんな吝嗇《けち》な女ごじゃないからね！　幾富士にかけた金を惜しいなんて一度も思ったことがない……。はン、結納だって？　つがもない（莫迦莫迦しい）！　媒酌人《ばいしゃくにん》も立てない祝言で、そんなものが要るかってェのよ。あちしは鐚一文《びたいちもん》だって受け取らないからね。幾富士は売りものじゃないんだからさ！　けど、ああ、よいてや。祝言の真似事《まねごと》ってェのには出てやろうじゃないか。幾富士への餞《はなむけ》のつもりでさ……」

幾千代の剣幕《けんまく》に、染之助は色を失った。

「こいつは申し訳ないことを……。幾千代姐さん、あたしはおまえさんを勘違《かんちが》いしていたようだ。つまり、その……。世間が言うには金に……。いやァ、参ったな……」

「金に吝《しわ》いってんだろ？　ああ、そうさ……。あちしは遊里のだだら大尽《だいじん》に大尽金《だいじんがね》を貸してるからさ。しかも、高利のうえに取立てが厳しい……。だって、そうじゃないか！　大店《おおだな》の莫迦息子が親に内緒で金を借りてまで遊ぼうというんだからさ。奴らに灸《きゆう》をすえる意味で、あちしは手を弛めない……。悔しければ、あちしから借りなきゃいいんだよ！　けど、そのことと、あちしが幾富士の後ろ盾となったことは関わりがないからね。あちしは本気でこの娘《こ》の母親になったつもりでいたんだからさ！　親が娘に金を遣って、惜しいと思うかえ？　おまえさんだって、同じじゃないか。息子のためならなんでもしようと思っている。……違うかえ？」

「いえ、違いません。返す返すも、失礼をば……。では、そういった形式ばったことはなしとして、ただ、祝言だけは……」

「ああ、解ったよ。その日は巳之さんの料理を堪能《たんのう》させてもらおうじゃないか……」

そうして、染之助と幾富士は白金へと戻って行ったのだった。

そうなると、今日のお座敷すべてを断った幾千代には、他にすることがない。

しかも、胸のもやくやが払えるわけでもなく、誰かに鬱憤《うつぷん》をぶちまけてしまわなければ、とても胸殺《むなごろ》し（腹に納めておくこと）が出来そうになかった。

そうだ！　おりきさんに聞いてもらおう……。

そう思い立った幾千代は、こうして息せき切って、立場茶屋おりきを目指しているのだった。

おりきは幾千代から話を聞くと、ふわりとした笑みを浮かべた。

「良かったではないですか！　現在《いま》だから正直に話しますね……。わたくしね、京藤さんが幾富士さんを伊織さんの世話係にとお願いに見えたときから、いずれはこういう形になるのではないかと、そう思っていたのですよ。と言うのも、長いこと心を閉ざしていた伊織さんが幾富士さんの給仕で食が進んだと聞き、ある種の宿命《さだめ》のようなものを感じましてね。それは幾富士さんが死んで生まれた赤児《やや》に芙蓉《ふよう》と名づけたことや、腎の臓を患《わずら》い長いことお座敷に出られなかったことからも考えられます。幾富士さんはあのときの暝《くら》い闇《やみ》を知っていますからね……。伊織さんの哀しみが誰よりも解ったのだと思います。身も心も疵《きず》ついた者同士でないと解り合えない何かが、あの二人を結びつけたのだと思います」

「けど……」

「けど、なんだというのです？　幾千代さん、あら、狡《ずる》い！　幾千代さんだって本当は解っているくせに……。だって、幾富士さんを京藤にやるかやらないかで迷っていたとき、幾千代さんも言ってたではないですか……。幾富士には伊織さんの鬱屈《うっくつ》した思いが解るのだろう、自分があの男《ひと》の光にならなくてはと、そう思っていると……」

ああ……、と幾千代が頷く。

確かに、あのとき、幾千代はそう言ったのである。

おりきが幾富士はどうするつもりなのかと訊ねたとき、

「あの娘《こ》も迷っていたんだね……。伊織さんがあのままでよいわけがない、身体が不自由だからといって日向《ひなた》に出るのを避《さ》けていては、心までが蝕《むしば》まれてしまう、そのことを案じて京藤でもあの手この手と頑《かたく》なになった伊織さんの心を解《ほぐ》そうとしたんだろうけど、自分がお世話することで伊織さんが幾らかでも心を開いてくれるのなら、そうするのが使命なのではなかろうか……、とそう言うのさ。そう、こうも言っていた……。芙蓉を失ったときや、腎の臓を病み、二度と人並みな暮らしは出来ないのではなかろうかと思ったとき、怖くて怖くて、陽《ひ》の光を見るのさえ息苦しかったと……。だから、幾富士には伊織さんの鬱屈した思いが解るんだよ。自分があの男《ひと》の光にならなくてはとね……」

と、そう言ったのである。

そして、幾富士がどうするべきか迷っていることに関しては、

「莫迦だろ？　あの娘《こ》……。それで、言ってやったんだ。あちしに悪いなんて思うこ

とはない、現在《いま》、おまえが考えなきゃならないのは、誰に一番求められ、誰がおまえの救いを欲しがっているかってことだ、幸い、あちしはまだ息災だ、おまえの助けがなくても充分やっていける……、寧ろ、これからはおまえのことを気遣わなくて済み、せいせいするってもんだ、とそう言ってやったんだよ」

と、言ったのである。

幾千代はふうと肩息《かたいき》を吐いた。

「ああ、確かに言った……。とっくの昔に心に区切《けじめ》をつけて、理屈じゃ解っているというのにね……。それが、祝言と聞いた途端《とたん》に、慌てちまうなんてさ……」

「娘を持つ親なら誰しも同じですよ。日頃、口では早く嫁いでくれなければと零していても、いざ嫁入りが決まると、大切な娘を奪われるような気分になるといいますからね……。幾千代さんが骨の髄《ずい》まで幾富士さんのおっかさんだったということなのですよ。だったら、母として、娘の幸せだけを祈ってやりましょうよ」

おりきがそう言うと、幾千代は寂しそうに、そうだよね……、と笑ってみせた。

が、突然、改まったようにおりきを見ると、祝言のことなんだけどね、と言った。

「祝言は白金の寮で、それも内輪だけで行うそうなんだけど、祝膳は紅葉狩りのときみたいに巳之さんに頼みたいそうでさ！　日取りが決まったら、改めてここに依頼に来ると言ってたんで、宜しく頼むよ。そうそう、祝言には、おりきさんも参列してほしいんだって……。出てくれるよね？　ほら、あちしは京藤では旦那を知っているだけで、内儀《おかみ》さんも伊織さんも知らないだろ？　おりきさんが出てくれると心強いからさ……」

「わたくしも列席するのですか……。ええ、日中であれば構いませんけど、他にどなたが参列されるのですか？」

「旦那の話じゃ、伊織さんと幾富士の他は、京藤夫婦にあちしとおりきさんっていうから、内輪も内輪……。なんせ、媒酌人も立てないっていうんだから、ただ三三九度の盃《さかずき》を交わし、祝膳を囲むだけのことらしいよ」

「恐らく、伊織さんの身体を気遣ってのことなのでしょうね。ええ、構いませんよ。京藤さんから正式に招かれれば参列させていただきましょう。では、当日の料理は、あちらさまが依頼に見えてからってことなのですね？」

「そうだろうね。さあて、祝言はいつになるのか……。けど、巳之さんは白金は二度目……。勝手知ったるってことで、なんてことはないだろうさ」

「幾富士さんに何か祝いをしなくては……。何がいいかしら？　何しろ、あちらさまは呉服商ですもの、大概のものは揃《そろ》っているでしょうから、さあ困った……」

おりきが首を傾げる。

すると、幾千代がさも不服そうに、顔を歪《ゆが》めてみせた。

「それなんだよ！　あちしが業腹《ごうはら》に思う原因の一つが……。あちしも最初《はじめ》は幾富士を嫁に出すことに納得しかねていたんだけど、次第に幾富士が望んでいることなんだからと心に折り合いをつけ、だったら、母親として娘に恥をかかせないだけの仕度をしてやらなきゃと思い直したその刹那、まるであちしの腹を見透《みす》かしたかのように、花嫁仕度は何ひとつ要《い》らない、と京藤がこう来たじゃないか……。寮には何もかも揃っているし、身に着《つ》けるものは京藤がすべて誂《あつら》えると言われれば、手も脚も出やしない！　が、言われてみると、まったく以《もつ》て、その通りでさ……。けど、娘を嫁に出すというのに、親として何ひとつしてやれないなんて、これほど寂しいことがあるだろうか？　それだけじゃないんだよ。祝言の日取りはまだ決まっていないんだが、せめて、嫁に出すのは猟師町の仕舞た屋から……、とそう思って当然じゃないか。ところが、幾富士にはどうやらその気がないみたいなんだよ……。これじゃ、いくら形だけの祝言といっても、あまりにもあちしのことを蔑《ないがし》ろにしてるってもんでさ！　今日だって、久方ぶりに戻って来たというのに、伊織さんに夕餉までに戻ると言ってきたので、とさっさと帰っちまうんだもの……。幾富士の心の中には、あちしのことなど、もう微塵芥子《みじんけし》ほどもいないんだよ！　あちしはそれが哀しくてね」

幾千代は苦々しそうにそう言うと、茶をぐびりと飲み干《ほ》した。

おりきはふっと微笑《ほほえ》むと、幾千代の湯呑に二番茶を注《つ》いだ。

「幾富士さんはね、幾千代さんの傍にいると、決断が鈍《にぶ》ることを懼《おそ》れているのではないかしら？　伊織さんを支えて生きていくと決めたといっても、まだ多少は芸者への未練が残っているでしょうし、何より、身体の不自由な伊織さんの女房になることへの不安がある……。そんな気持でいるときに、幾千代さんと長く一緒にいると、一旦決心した気持が揺らいでしまうのではないかと、それを懼れているのではないでしょうか……。そして、伊織さんはといえば、幾富士さんが漁師町に戻っている間、不安で堪らなかったはずです。戻ったが最後、里心がついて、もう二度と自分の許に戻って来てくれないのではなかろうかと……。幾富士さんはそんな伊織さんの気持が解っているものだから、夕餉までに戻ると約束したのだと思いますよ」

おりきがそう言うと、幾千代は目をまじくじさせた。

「へえェ、そうなんだ……。さすがは、おりきさんだ！　そうして、幾富士の心の中まで読めるんだもの……」

「いいえ、違うかもしれませんよ。けれども、そう考えると、どこかしら納得がいくように思えましてね」

幾千代の胸で蟠《わだかま》っていたものが、すっと下りていく。

幾富士は京藤に行くかどうか迷っていたとき、幾千代が自分はおまえの助けがなくても充分やっていける、寧ろ、おまえのことを気遣わなくて済むと思うとせいせいすると言って背中を押してやると、おいおいと声を上げて泣き、おかあさん、済みません、いつもあたしが我儘《わがまま》を言って、おかあさんを困らせてばかりだった……、一日も早く病を治して、今度はあたしがおかあさんに孝行する番だと思っていたのに、京藤に行ってしまったのではそれも叶わない……、と言ったのである。

「きっと、そうなんだろうね……。ふふっ、如何《いか》にも幾富士らしいじゃないか……」

幾千代がそう言ったときである。

板場側の障子《しょうじ》の外から声がかかった。

「女将さん、ちょいと宜しいでしょうか」

巳之吉《みのきち》の声である。

おりきは幾千代に目まじすると、お入り、と答えた。

巳之吉が伊織と幾富士の祝言のことを聞いて、どんな反応を示すだろう……。

そんな思いからの目まじであった。

「伊織さん、ごらんなさいな！　月があんなに綺麗《きれい》……」

　幾富士が夜空を見上げる。

「明日は後《のち》の月（九月十三日）だからよ」

「じゃ、明日の晩は縁側に供物《くもつ》を飾り、ここで月見をしましょうか！　いっそのや け、立場茶屋おりきの女将さんを真似て、萩《はぎ》や芒《すすき》、竜胆《りんどう》といった草花を一杯に飾りつけ、縁側を野山に仕立ててみるのも乙粋《おついき》だこと……。幸い、ここの庭にはなんでも揃って いるから、草花には困らない……」

　幾富士が燥《はしや》いだように言うと、伊織が呆れ返ったような顔をした。

「莫迦だな、幾富士は……。わざわざ縁側を野山に仕立てなくても、ここには、すぐ目の前に野山がごとき庭があるんだよ。海に面した旅籠《はたご》ではそういうわけにいかないから、縁側に山野草を飾っているのだからよ」

　成程……、と幾富士は納得すると、照れたように肩を竦《すく》めた。

「でも、お供《そな》えはしましょうね。お尚さんに頼んで、衣被《きぬかつぎ》や栗を用意してもらえばいいし、芒は昼間の内に刈《か》っておけばいい……。ああ、愉しみだわ！」

幾富士が無邪気《むじゃき》にそう言うと、伊織は改まったように幾富士に目を据えた。

「幾富士、よくあたしの許に戻って来てくれたね」

えっと、幾富士が目を瞬く。

咄嗟には、伊織の言う意味が解らなかったのである。

「先日、親父と一緒に猟師町に行っただろう？　あのとき、あたしはおまえがもうここには二度と戻ってこないのでは……、と案じていたんだよ」

「嫌だわ、伊織さんて……。そんなことあるわけがない！　だって、夕餉までに戻って来ると約束したじゃないですか……」

「それはそうなんだが、幾千代姐さんの顔を見ると、おまえに迷いが出るのではないかと思ってよ」

「迷いませんよ。もうはっきりと伊織さんの女房になると決めたからこそ、おかあさんの許しを得《え》に行ったんだもの……。向こうでのことは、何もかも伊織さんに話したでしょう？　おかあさんもあたしの気持を解ってくれたのですもの、何を不安に思うことがありましょうか……。その後、立場茶屋おりきは後の月が終わるまで板頭が見世を空《あ》けるわけにはいかないからと、それで、祝言が月末《つきずえ》と決まったのじゃないですか……。月末といえば、あと僅《わず》か……。けど、あたし、何故《なぜ》かしらピンと来なくて……。だって、祝言を挙げたからといって、これまでと何ひとつ変わらないのですもの ね……。あたしはこれまで通り伊織さんのお世話をするし、互いを呼ぶのだって、あたしが伊織さんと呼び、伊織さんはあたしのことを、幾富士かおまえ……。あっ、そうか！　あたしはもう芸者ではないのだから、これからは本名のおさんと呼んでもらおうかな？　そのほうが、きっぱりと芸者から脚を洗った気がするもの……。ねっ、そうして下さいませんか？」

伊織がとほんとする。

「おさん？　おさんとはどんな字を書くのだ」

「平仮名ですよ。元々、水呑百姓の娘ですからね。おとっつァんは漢字なんて難《むずか》しい字は読むことも書くことも出来ません」

「おまえ、父親《てておや》がいるのか？」

「いますよ、大井村に……。おっかさんや姉ちゃんは死んじまったけど、弟たちは息災かと……」

「では、あたしと所帯を持つことをおとっつァんに知らせなければ……」

伊織が慌てる。

「いいんですよ。あたしは大井村とはとっくの昔に縁が切れてます……」

幾富士は姉のおやすが奉公先の小浜屋《こはまや》の主人に手込《てご》めにされて赤児《やや》を孕み、中条流《ちゅうじょうりゅう》で子堕《こお》ろしを強いられ死《し》亡したことや、それを恨みに思ったおさんが産女《うぶめ》に化けて怨念《おんねん》を晴らそうとしたことなどを伊織に話して聞かせた。

「それを止めてくれたのが車町《くるまちょう》の亀蔵《かめぞう》親分で、親分があたしを立場茶屋おりきの女将さんに引き合わせて下さいました。女将さんはそれは親身になってあたしのことを考えて下さり、あたしを大井村に戻したのでは姉ちゃんのように奉公に出され、同じ轍《てつ》を踏むことになるかもしれないと、芸者に憧れていたあたしをおかあさんに引き合わせてくれたんですよ。おかあさんの許に引き取られる際、亀蔵親分が間に入って渡引《わたりひき》して下さったのですが、親分の話では、大井村のおとっつァんは厄介《やっかい》払いが出来たと悦んでいたそうです……。以来、あたしは一度も大井村に帰っていません。おかあさんはあたしに芸を仕込んでくれたばかりか、お披露目の際には掛かり費用すべてを用立て、それどころか、あたしが病で寝込んだときには、それはそれは親身《しんみ》になって看病してくれました。現在《いま》のあたしがあるのも、すべておかあさんのお陰……。だから、あたしの親はおかあさんただ一人なんですよ。それに、京藤は大井村とは関わらないほうがいい……。あたしが大店に嫁いだと知れば、いつ無理難題《むりなんだい》を吹っかけてくるかもしれないんで……。おとっつァんはそういう男《ひと》なんですよ」

幾富士はそう言うと、ごめんなさい、あたし、やはり、おさんという名に戻りたくありません、幾富士で徹《とお》していいですか？　と縋《すが》るような目で伊織を見た。

「ああ、いいともさ！　おまえにそんな苦《にが》い思い出があったとは……。赤児《やや》を死産したことや病のことは知っていたが、まさか、そんな身の有りつきだったとは……。ああ、幾富士でいいよ。そのほうが、あたしたちも呼び慣れている」

「じゃ、これも捨てなくていいのね？」

幾富士はそう言うと、帯に挟んだ扇《おうぎ》を取り出した。

金地に松と富士に鶴の絵柄《えがら》の扇……。

幾富士が猟師町を出るときに、幾千代に渡してくれとお半に託した扇と同じものである。

幾千代と揃いの扇を身につけていたくて、特別に誂えた扇だった。

「ほう、綺麗な扇じゃないか！　何ゆえ、捨てなきゃならないと？」

伊織が訝しそうな顔をする。

「だって、芸者に訣別《けつべつ》するのですもの……」

伊織は愉快《ゆかい》そうに笑った。

「幾富士って、なんて可愛いんだえ！　芸者でなくても扇は持っているだろうに……。それに、これからはここで舞のお師さんに稽古をつけてもらうのじゃなかったのか？　ほら、扇が要るだろう？　だが有難うよ。おまえがそこまで考えていてくれたことが嬉しいよ」

　伊織が手を差し伸べる。

　幾富士が介助椅子の傍まで寄って行く。

　伊織は幾富士の手を握り締めた。

「改めて訊くが、本当に、あたしの女房になってくれるんだね？」

「はい」

「亭主らしきことは何ひとつできないが……。それでもいいんだな？」

「はい」

「約束しよう。決して、声を荒らげたりしない。おまえを大切に思う。それくらいのことしかできないが……」

「こうして、手を握り合うことができるではないですか。あたしは他には何も要りません」

「幾富士……」

伊織が握った手に力を込める。

幾富士の胸がコトンと音を立てた。

一流の客

亀蔵親分《かめぞう》は札《ふだ》の辻《つじ》に佇《たたず》む托鉢僧《たくはつそう》に目を留《と》め、おっと声を上げた。

「おい、金太《きんた》、利助《りすけ》、あの男を見てみな。ありゃ、彦蕎麦《ひこそば》にいた与之助《よのすけ》じゃねえか？」

亀蔵が下っ引きの金太と利助に耳打ちする。

「与之助って、揚方《あげかた》を務《つと》めていた、あの与之助？」

「けど、あいつ、見世《みせ》を飛び出したまま、それっきりだとか……。えっ、まさか！　あいつが坊主になんてなるわけがねえ……」

金太と利助が信じられないといった顔をする。

「それもそうよのっ。けど、網代笠《あじろがさ》を被《かぶ》ってるんで鼻から上が見えねえが、口許《くちもと》や顎《あご》の線がどこかしら似ているような……」

亀蔵が首を傾《かし》げる。

「口許や顎の線が似ているからって、笠を外《はず》せば、まるきりの別人ってことがあるからよ」

利助がそう言うと、金太も相槌《あいづち》を打つ。

「目許《めもと》が見えねえんじゃよ……。それに、俺《おり》ャ、考えてみると、与之助の顔をしげしげと拝《おが》んだことがねえ……。だってそうだろう？　俺たちが彦蕎麦に行くのは客としてで、親分みてェに女将《おかみ》と親《した》しいわけじゃねえもんな。与之助を見たのは、あいつが女《おな》ごに刺されて素庵《そあん》さまの診療所に担《かつ》ぎ込まれたときだけ……。あのときだって、息も絶《た》え絶《だ》えのあいつをちらと見ただけで、顔なんてはっきり憶《おぼ》えてねえもんな」

「親分、そんなに気になるのなら、近づいて声をかけてみるか、笠の下から覗《のぞ》き込んでみたらどうでやす？」

「て、てんごうを！　そんなことが出来るわけがねえ。托鉢僧ってのはよ、念仏《ねんぶつ》以外のことでは口を利《き》かねえんだ。それに、笠の中を覗き込めだと？　利助の藤四郎《とうしろう》が！　赤の他人だったらどうするってか……。そうだ、お布施する振りをして近づいてみようか……。傍《そば》に寄れば、与之助かどうか判《わか》るかもしれねえからよ」

亀蔵が托鉢僧の傍に寄って行く。

が、近づくにつれ、次第に亀蔵は心許《こころもと》なくなってきた。

黒装束《くろしようぞく》に白足袋《しろたび》を履《は》き、竹網代笠《たけあじろがさ》を目深《まぶか》に被り、遠目《とおめ》では捉《とら》えられた口許や顎の線までが、近づくに連れて捉えづらくなったのである。

これでは、利助が言うように、声をかけるか、腹を括《くく》って笠の中を覗き込むよりほかないではないか……。

亀蔵は托鉢僧の前で立ち止まると、懐《ふところ》の中から小銭入れを取り出し、十文銭を一枚摘《つま》んだ。

托鉢僧は微動《びどう》だにせず、念仏を唱《とな》え続けている。

「ご苦労だな、与之助……」

それは、亀蔵が意を決して発した言葉だった。

托鉢僧が与之助ならば、何か反応があってもよいはずである。

ところが、托鉢僧はびくりともしないではないか……。

それもそのはず、托鉢中の坊主は念仏以外の言葉を発してはならず、それも修行の一つなのである。

こうなると、笠の中を覗き込むよりほか手がないが、亀蔵は諦《あきら》めて下っ引きの許《もと》に引き返した。

「で、どうでやした？　与之助でやしたか？」

金太が興味津々《きょうみしんしん》に訊《たず》ねる。

「判るはずがねえだろ！　念仏の他は何も喋《しゃべ》らねえんだからよ」

「何も喋らねえって、じゃ、親分、何か訊ねたんでやすか？」

利助が狐目《きつねめ》を目一杯に見開く。

「訊ねたというより、銭を鉢《はち》に投げ入れ、ご苦労だな、与之助、と声をかけたのよ。あの坊主が与之助なら、某《なにがし》かの反応があると思ったんだが、聞こえてねえはずがねえのに、奴はなんら反応を示そうとしなかった……。やっぱ、与之助じゃなかったのよ」

「そうですよ、親分。どう考えても、与之助と坊主は結びつかねえ……。きっと今頃は、どこかの板場に潜《もぐ》り込んでいるに違《ちげ》ェねえんだ！　聞くところによると、あいつは食い物商売《しょうべえ》に憧《あこが》れてこの道に入《へえ》ったというから、そんな男が凡《およ》そ食い物には程遠《ほどとお》い仏門に入《へえ》るとは考えられねえ。ましてや、托鉢なんか……」

金太がちょうらかしたように言う。

「煩《うるせ》ェ！　黙って喋れってェのよ。人ってもんはよ、状況によって変わるものでよ。与之助にはてめえのせいでお真知《まち》を入水《じゆすい》に追い込んだという呵責《かしやく》があるのよ……。お真知ばかりじゃねえ。山水亭《さんすいてい》が押し込みに入《へえ》られたとき、与之助にはてめえ一人が逃げ延《の》びたという負《お》い目がある……。だからこそ、お真知に刺されても、誰に刺されたのか口を割ろうとしなかったのに、そうまでして庇《かば》ったお真知が入水しちまったんだからよ……。それを聞いて、与之助がいけずうずうしく何事もなかったかのような顔をして、板場衆《いたばし》を続けられると思うか？　俺ャよ、与之助は山水亭の墓に詣《まい》った後、お真知の後を追ったか、仏門に入《へえ》ったのじゃなかろうかと思っていたのよ……」

「それで、さっきの坊主を与之助じゃねえかと？　親分、そいつァ、思い過ごしでやすぜ。親分は与之助に随分《ずいぶん》と肩入《かたい》れしてるみてェだが、あいつはそんなに殊勝《しゅしょう》な男じゃねえ！　根っからの小心者《しょうしんもの》なんですよ……。だから、山水亭に押し込みが入《へえ》るから逃げろと引き込みの女ごに囁《ささや》かれ、這々《ほうほう》の体《てい》で逃げ出したんだ！　あいつに勇気があれば、その脚《あし》で自身番に駆け込み山水亭に押し込みが入《へえ》ると知らせることも出来たというのに、てめえの生命《いのち》さえ助かればよいと思い、隠れたんだからよ……。あいつが自身番に知らせなかったばかりに、主人《あるじ》一家ばかりか店衆《たなし》全員が斬殺《ざんさつ》された……。そりゃ、悔《く》いて当然！　ところがその後、与之助はどうしたと思いやす？　神田《かんだ》の藪蕎麦《やぶそ》ばに潜《もぐ》り込んでいたが、客の中に山水亭の常連を見つけると、慌てて品川宿《しながわしゅく》まで逃げて来たんだからよ……。そんな男がたった一人生き残ったお真知が入水したと知ったからって、後を追って死のうと思ったり、仏門に入《へえ》ろうなんて思いやす？　俺ャ、そうは思わねえ……。きっと、今頃は平然とした顔をして、どこかの板場で働いてるに違《ちげ》ェねえんだ！」

が、利助は仕こなし顔に首を振った。

「いや、俺ャ、与之助はもうこの世にいねえと思う。小心者のあいつはお真知に死なれたことが応《こた》えたに違《ちげ》ェねえんだ……。きっと、もう生きていくことに疲れ果てたんだよ。仏門に入《へえ》るのは、それこそ勇気の要《い》ることで、かと言って、責めを負いながら生きていくことにも耐えられず、あとは死を選ぶより仕方がなかった……」

「成程《なるほど》……。利助が言うのにも一理《いちり》ある。てこたァ、三人が別々の考えということか……。どっちにしたって、与之助が姿を消して、もう五月《いつつき》だ……。利助が言うように死を選んだのだとしたら、それらしき仏が上がってもいいが、俺ャ、何も聞いてねえからよ……。それで、そうであってほしいと願う気持が強《つえ》ェもんだから、さっきの托鉢僧が与之助に思えたのかもしれねえ……。なんでェ、莫迦莫迦《ばかばか》しい！　おっ、早《はえ》ェこと自身番廻《まわ》りを済ましちまおうぜ！　俺ャ、立場茶屋《たてばぢやや》おりきに顔を出さなきゃならねえんだからよ」

亀蔵はそう言うと、刻《きざ》み足に芝田町《しばたまち》五丁目に向かって歩いて行った。

その後を、小太りで狸目《たぬきめ》をした金太と、雲雀骨《ひばりぼね》をした狐目の利助がせかせかと追いかけてくる。

庭下駄《にわげた》のように角張《かどば》った顔に獅子《しし》っ鼻《ぱな》、芥子粒《けしつぶ》のような目をした亀蔵の三人ときて、まるで、助《すけ》さん格《かく》さんを従《したが》えた水戸黄門と言いたいところだが、どう見てもこの三人、黄門様一行には程遠い。

「親分、少し速度を弛《ゆる》めて下せえよ！　俺ャ、息が上がりそうだ……」

金太が悲鳴を上げる。

「煩《うるせ》ェ！　おめえらみてェにちんたらしてたんじゃ、日が暮れてしまわァ！」

「ははァん、さては、親分、幾富士《いくふじ》の祝言《しゅうげん》がどうだったのか、聞きたくてうずうずしてるんだ！」

利助が亀蔵の横に擦《す》り寄ってきて、にたりと嗤《わら》う。

「ああ、そうでェ！　それのどこが悪《わり》ィ？」

亀蔵が憮然《ぶぜん》とした顔で言う。

「いや、悪かァねえ……。あっしだって、聞きてェくれェだからよ」

「おめえが聞いて、どうするって？」

「いや、どうもしねえけど……」

すると、金太が追いついてきて、ちょ、ちょっくら、か、か、返す。

「親分は祝言に招かれなかったのが悔《くや》しくて堪《たま》らねえ……。ねっ、そうでやしょ？」

亀蔵はぎくりと脚を止めた。

「なんだって？　もう一遍《いっぺん》言ってみな！　俺が祝言に招かれなかったので悔しいだ

か、いいか、てんごう言うのも大概《てえげえ》にしてくんな！　俺が招かれねえのは当然じゃねえか……。俺ャ、京藤《きようふじ》とは一切《いつさい》関わりがねえんだからよ。そりゃよ、幾富士のことは、これまで親身《しんみ》になって世話をしてきたぜ……。あいつを立場茶屋おりきの女将に引き合わせたのもこの俺だし、幾富士が上手《う》く世渡りしてくれるようにと祈ってもきた……。が、幾富士を嫁に迎えるのは京藤だし、俺はその京藤とは面識がねえんだからよ……。おりきさんが祝言に参列するのとわけが違い、どんなに逆立《さかだ》ちしようと、俺にお呼びがかかるわけがねえ……。おめえも少しはものが解ってから言うんだな！」

金太は可哀相《かわいそう》なほどに潮垂《しおた》れた。

「済んません……。けど、俺ャ、本当は、親分も出たかったんじゃねえかと思って……」

「ああ、そりゃ、出られるものなら出たかったさ。なんと言っても、幾富士は我が娘《こ》みてェなもんだからよ……。娘の一世一代《いつせえいちでえ》の晴れ舞台を見たくねえ親がどこにいようかよ。さっ、早《はえ》ェとこ、用を済ましちまおうぜ！」

再び、亀蔵は猛烈《もうれつ》な勢《いきお》いで歩き始めた。

「ええ、それはもう、幾富士さんの美しかったこと！　親分にもお見せしたかったですわ。さすがは京藤さん、内輪《うちわ》だけの祝言だからと白無垢《しろむく》や打掛《うちかけ》は控《ひか》えられたようですが、紋縮緬地《もんちりめんじ》に熨斗模様《のしもよう》の友禅振袖《ゆうぜんふりそで》を纏《まと》い、高島田《たかしまだ》に結《ゆ》った姿は、まるで一幅《いっぷく》の美人画を見るような思いでしたわ」

おりきがそのときの光景を思い起こし、目を細める。

「そうけえ……。さぞや綺麗《きれい》だっただろうな」

亀蔵も満足そうに頷《うなず》く。

「それでね、こんなことがありましたのよ。祝言が始まる前に、お端女《はした》のお尚《なお》さんという方が、幾富士さんのお仕度《したく》が出来たので、どうぞ見てあげて下さい、と客間にいたわたくしたちを呼びに来ましてね。それで、幾千代《いくちよ》さんとわたくしが別室に入って行きますと、身支度《みじたく》を調《ととの》えた幾富士さんが畳《たたみ》に両手をついて迎えて下さいましてね……。幾富士さんが、おかあさん、本当はおかあさんの家で嫁入り前の挨拶《あいさつ》をすべきでしたが、猟師町《りょうしまち》に戻らずここにいさせてもらう我儘《わがまま》を徹《とお》させてもらったことを、どうかお許し下さいませ、ですが、おかあさんの許から嫁入りするという気持はどこにいても同じ……、これまで我が娘《こ》のように思って下さったことにお礼の申しようもございません、あたしはおかあさんの娘になれて幸せでした、おかあさんがどんなにあたしを支えて下さり、励まして下さったことか……、本当はずっと傍にいて、こんどはあたしがおかあさんに孝行しなければならなかったのでしょうが、伊織《いおり》さんに巡《めぐ》り逢えたのも宿世《すくせ》の縁かと思います、あたしはおかあさんのお陰で今日までやってこられたけど、今度はあたしが伊織さんの支えになってあげる番なのではないかと、そのことを教えて下さったのもおかあさんです……、長い間お世話になりました、嫁《とつ》いでからも、おかあさんのことは決して忘れません、有難《ありがと》うございました、と深々と頭を下げて、そう言うではないですか……」

おりきはそのときのことを思い出し、胸が一杯になった。

亀蔵が早く続きを話せとばかりに、おりきを窺《うかが》う。

「幾千代さんたら、おかあさんの許から嫁入りするという気持はどこにいても同じ……、と幾富士さんが言ったその辺りから目に涙を浮かべ、あたしはおかあさんのお陰で今日までやってこられた、今度はあたしが伊織さんの支えになってあげる番の行《くだ》りに来ると、胸の間《あわい》から紅絹《もみ》を取り出し、堪《こら》えきれずに肩を顫《ふる》わせましてね……。遂《つい》には声を上げて泣きじゃくるではないですか……。わたくし、あんな幾千代さんの姿を見るのは初めてのことで驚きましたが、ついつい、わたくしも貰《もら》い泣きしてしまいましてね……。やはり、幾富士さんは幾千代さんのことを大切に思っていたのですよ……。幾千代さんにも幾富士さんの本心が解ったとみえ、祝言が始まる頃には、憑《つ》き物でも落ちたみたいに晴れやかな顔をしておいででした」

「ほう、あの気丈《きじょう》な幾千代がそんな姿を見せたとはよ……。まっ、幾千代の気持もよく解るってもんでよ。これまで、幾富士のことでどれだけ胸を痛め、振り回されてきたことか……。その都度《つど》、幾千代が幾富士を庇《かば》ってやったんだからよ。それなのに、手塩《てしお》にかけた幾富士がするりと幾千代の脇を擦《す》り抜けて、京藤の息子の許に走ったんだからよ。親が娘を嫁に出すのとは、また違った心寂《うらざみ》しさがあったんだと思うぜ……。正《まさ》な話、この俺だってそうなんだからよ」

「あら、親分も？」

「そりゃそうだろうが！　姉さんの恨《うら》みを晴らそうと、産女《うぶめ》に化《ば》けて小浜屋《こはまや》を脅《おど》そうとしていたところを既《すんで》のところで思い留《とど》めさせ、おりきさんに引き合わせたのはこの俺だぜ？　それから後も、俺がどれだけ幾富士のことを案じてきたことか……。又一郎《またいちろう》という女誑《おんなたら》しに騙されたときも、幾千代に頼まれて市ヶ谷《いちがや》肴町《さかなちょう》の末広《すえひろ》を訪ね又一郎が末広から久離《きゅうり》（縁切り）されていたことを知ると、又一郎の住まいを見つけ出し、幾富士に二度と近づくな、と引導《いんどう》を渡したのも俺だからよ」

「ところが、別れさせた後で、幾富士さんが身籠《みご》もっていることに気づいたのですものね……」

おりきがふうと肩息《かたいき》を吐く。

「あれにゃ俺も愕然《がくぜん》としたぜ……。又一郎に責めを負えと迫ったところで、あんな男、縄《なわ》にも蔓《かずら》にもかからねえからよ！　俺ャ、咄嗟《とっさ》に、こうめがみずきを孕んだときのことを思い出してよ……。結句、こうめも父《てて》なし子を産《う》むことになっちまったんだが、赤児《やや》が生まれてみると、これが目の中に入れても痛くねえほど可愛《かわい》い……。おさんの姉さんが子堕《こお》ろしが原因《もと》で生命《いのち》を落としたことから考えても、あのとき、つくづくこうめに子堕ろしを無理強《むりじ》いしなくてよかったと思ったぜ。だから、俺は幾富士も子を産むべきだと思った……。だがよ、まさか幾富士が妊娠中に中毒症を引き起こすとはよ……。結句、赤児《やや》は死産ということになり、その後も幾富士は長患《ながわずら》いを……。俺ャ、あのとき、どれだけ心配《しんぺえ》したことか……。とにかく、幾富士には気を揉《も》まされ続けてきたんだからよ」

亀蔵が蕗味噌《ふきみそ》を嘗《な》めたような顔をする。

「そうでしたよね。言ってみれば、幾千代さん同様に、親分にとって、幾富士さんは我が娘同然《こ》だったのですものね……」

「おめえだってそうじゃねえか」

「いえ、わたくしはお二人に比べると……。何しろ、わたくしには我が子と思える者が大勢いますからね」

「そうよのっ。おりきさんは店衆《たなし》すべてを我が子と思ってるんだもんな。幾富士一人にそうそう構っちゃいられねえよな」

「いえ、そういうことでは……。わたくしだって、幾富士さんのことでは胸を痛めましたのよ。殊《こと》に、素庵さまの診療所で病臥《びょうが》されたときには、居ても立ってもいられませんでしたもの……」

「幾富士の食が少しでも進むようにと、巳之《みの》さんに弁当を作らせて運んでいたもんな」

「そういうこともありましたわね。けれども、それも遠い昔のこと……。幾富士さんはあんなに息災《そくさい》になられ、伊織さんと祝言を挙げられたのですものね」

「それで、伊織という男はどんな男だったのかよ?」

亀蔵が身を乗り出す。

おりきはふっと目許を弛めた。

「それが、あのような身体《からだ》でなければ女ごが放っておかないほどの雛男《ひなおとこ》でしてね……。

伊織さんが幾富士さんを心《しん》から慕《した》っているのが手に取るように伝わってきましたわ。それは愛《いと》しそうに幾富士さんを瞠《みつ》め、また幾富士さんはそれに慈《いつく》しみの目で応《こた》え、ああ、この二人は本当に信頼しきっているのだな、と感じました。わたくしね、あの二人は巡り逢うべくして巡り逢ったのだと思いました。言い替《か》えれば、共に歩んでいく宿命《さだめ》にあったのだと……」

亀蔵が小鼻をぷくりと膨《ふく》らませる。

これは嬉《うれ》しいときの亀蔵の癖《くせ》で、どうやら、亀蔵は心《しん》から安堵《あんど》したようである。

「そうけえ……。じゃ、やっぱ、これで良かったんだな。それで、二人はこれからも白金《しろかね》の寮で暮らすことになるのかよ」

「ええ、そのようですわ。なんでも来月早々、本宅では養子を迎えられるそうでしてね」

「なんだって！　嫡男《ちゃくなん》がいるのに、養子を貰うってか？」

亀蔵が芥子粒のような目を一杯に見開く。

「わたくしもその話を聞いたときには驚きましたが、京藤さんが言われるには、これまでは番頭がしっかりしていれば見世は難《なん》なく切り回せると思っていたが、大番頭が隠居し、跡を託《たく》した番頭も高齢とあって、やはり、主人《あるじ》が先頭に立たないと見世は回していけない、伊織のこともあるし、思い切って、女房の実家《さと》から養子を貰うことにしたのだと……。そう言われ、わたくしも納得しました。いつまで京藤のご夫妻が息災でいられるか判りませんものね……。恐らく、ご夫婦は自分たちがいなくなった後のことを考えられたのだと思います。甥《おい》を跡継《あとつぎ》に迎えれば、伊織さんとは従兄弟《いとこ》の間柄《あいだがら》……。気心《きごころ》も知れていることだし、決して、伊織さんを粗末《そまつ》に扱わないと考えられたのだと思いますよ」

「それで、伊織は納得したのか？」

「従弟《いとこ》に見世を託すことには異存《いぞん》がないと……。ただ……」

「ただ？　ただ、なんだって？」

「従弟に庇護《ひご》してもらうのは嫌《いや》なので、今後も寮で現在《いま》の暮らしを続ける、そこで立行《たちいき》していけるだけの金子《きんす》を用意してほしいと……。京藤にしてみれば、お金のことはいとも容易《たやす》いこと……。けれども、それでは伊織さんを切り捨てるようで、内儀《おかみ》さんは悩まれたそうです。そうしたら、幾富士さんが、自分たちが伊織さんのことを護《まも》るので、是非《ぜひ》、そうさせてあげて下さい、と頭を下げたそうでしてね……。此度《こたび》の祝言も、それが契機《きっかけ》となったようなのですよ。内儀《おかみ》さんがおっしゃっていましたわ。養子を迎えたからといっても、伊織が息子なのには変わりない、それに新《あら》たに娘まで増えたのだから、これを幸せと思わなくてどうしようかと……。わたくしもそう思いました。麻布と白金に別れていても、逢いたくなれば白金まで脚を延《の》ばせばよいのですものね……。旦那さまもこれで見世は安泰《あんたい》だし、伊織には幾富士がついていてくれると思うと、心強いと言っておられましてね」

おりきはそう言うと、亀蔵の湯呑《ゆのみ》に二番茶《にばんちゃ》を注《つ》いだ。

「京藤も伊織もそれで納得しているというのなら、傍《はた》が口を挟《はさ》むこたァねえ……。まっ、そうするより仕方がなかったんだろうからよ」

亀蔵は湯呑を手にすると、ぐびりと飲み干《ほ》した。


「女将さん、ちょいとご相談が……」

板場側の障子《しょうじ》の外から声がかかった。

「巳之吉《みのきち》かえ？　お入りなさい」

障子がするりと開き、巳之吉が亀蔵の姿を捉え、おっ、親分、お越《こ》しでやしたか……、と目まじする。

「ああ、京藤の祝言がどうだったのか気になってよ」

「ささやかでしたが、心温まる、見事な祝言でやしたよ」

巳之吉がちらとおりきを見る。

「そのようだな。さっき、女将から聞いたぜ。巳之さんが京藤の寮で出張料理をするのは、これで二度目だ……。此度は祝言とあって、さぞや腕に縒《よ》りをかけた馳走《ちそう》を並べたんだろうな」

「ええ、なにぶん季節柄《きせつがら》、海の幸山の幸と食材に恵まれていまして、ごく一般的な婚礼料理から離れて、会席膳《かいせきぜん》でお出ししやした」

「ほう……。そりゃ、そのほうがおめえも存分に腕が揮《ふる》えるってもんだからよ。で、どんな料理を出したのかよ」

「えっ、現在《いま》ここで説明を？」

巳之吉が目をまじくじさせる。

亀蔵はくくっと肩を揺《ゆ》すった。

「ほれ、引っかかった！　てんごうに決まってるじゃねえか……。俺が聞いたところでどうしようもねえ」

「親分たら！　わたくしまでが真《ま》に受けてしまったではないですか……。それで、巳之吉、相談とはなんですか？」

　おりきが巳之吉を瞠める。

　巳之吉は、ああ……、と頷くと、おりきに目を据《す》えた。

「今宵《こよい》の予約に、深川《ふかがわ》の東麟堂《とうりんどう》が入《へえ》っていたように思いやすが……」

「ええ、東麟堂と川村屋《かわむらや》、奈良屋《ならや》がご一緒ですが、それがどうかしましたか？」

「東麟堂が以前ここに見えたのが三年前《めえ》のことで、それですっかり失念《しつねん》してしまってやしたが、確かあのとき、貝を食べると発疹《ほっしん》が出ると言われ、慌てて別の料理をお作りしたような気がして……」

　巳之吉がそう言うと、おりきが仏壇《ぶつだん》の下の戸棚《とだな》から三年前の留帳《とめちょう》を取り出し、それはいつ頃でしたっけ？　と訊ねる。

「確か、二月の末のような気がしやすが……」

「ああ、ありましたわ。蛤《はまぐり》の焼物《やきもの》を食べられないと言われ、急遽《きゆうきよ》、車海老《くるまえび》に差し替えたようですね」

　巳之吉は眉を開き、太息《ふといき》を吐いた。

「ああ、思い出して助かった……。三年前《めえ》は東麟堂の旦那が貝を受けつけねえのを知らなかったんで、差し替えることで済みやしたが、此度は知っているのにお出ししたことになりやすからね……。あっしが恥をかくのは構わねえが、女将さんの顔に泥《どろ》を塗《ぬ》るようなことになったら大変《てえへん》だと思い、そりゃもう、大慌てで……」

「よくぞ思い出してくれましたね。本当は留帳を記《しる》しているわたくしが気づかなければならなかったのに……。済まないことをしてしまいましたね。それで、どうします？　確か、今宵の焼物に蛤がありましたが……」

「ええ、それで、塩釜焙烙焼《しおがまほうろくやき》の中身を、車海老、結び鱚《きす》、落鮎《おちあゆ》、松茸《まつたけ》、銀杏《ぎんなん》で行こうと思ってやす」

「蛤を落鮎に替えるのですね？　で、それは東麟堂さんだけ？」

「いえ、お三方《さんかた》全員、それに替えようと思いやす。丁度、鮎も三匹残ってやしたんで、一人だけ違うものをお出しするより、そのほうがよいかと思いやして……」

「そうですね。それがよいでしょう」

　おりきがそう言うと、亀蔵が巳之吉の手にしたお品書《しながき》を覗き込む。

「なになに……。前菜《ぜんさい》が胡桃豆腐《くるみどうふ》で、お造《つく》りが平目《ひらめ》の薄造《うすづく》りに伊勢海老《いせえび》の洗い、市松《いちまつ》大根《だいこん》……。椀物《わんもの》が蕎麦茶巾《そばちゃきん》の卯《う》の花仕《はなじ》立《たて》。なんでェ、こりゃ？」

「茶巾絞《ちゃきんしぼ》りはご存知ですよね？　蕎麦粉《そばこ》を練《ね》った中に車海老を入れて茶巾に包んで蒸《む》すのですよ。それに卯の花仕立とは、おからを水漉《みずご》しして擂鉢《すりばち》で当たり、出汁《だし》、塩、酒で味を調《ととの》えて薄葛《うすくず》を引き、蕎麦茶巾、結び湯葉《ゆば》、松葉牛蒡《まつばごぼう》、銀杏麩《いちょうふ》、紅葉麩《もみじふ》、椎茸《しいたけ》を入れた椀に張るのですよ」

おりきが説明すると、亀蔵が、なんだかよく解らねえが、美味《うめ》ェんだろうな？　と訊ねる。

「それは巳之吉が作るのですもの、美味《おい》しいに決まってますわ」

「おっ、その口ぶりじゃ、おめえも食ったことがなさそうだな？」

亀蔵のちょうらかしに、おりきは平然とした顔で答えた。

「ありませんよ。それがどうかしまして？」

「これだよ……」

亀蔵が呆《あき》れ返った顔をする。

「いえ、女将さんには今宵の夜食でお出ししやすんで……」

巳之吉が慌てて言う。

「おっ、おりきさん、シメタじゃねえか！　それで次が問題の焼物か……。おっ、こいつは絵がついているんで解りやすいぜ！　焙烙に塩を敷《し》いて松葉を散らし、その上に、この絵で蛤になっているところを、落鮎に替えるってことなんだな……。車海老に結び鰆、松茸、銀杏、酢橘《すだち》が載っていて、見るからに美味《うま》そうじゃねえか！　それから炊《た》き合わせとなり、次が揚物《あげもの》に酢物《すのもの》……。最後の留椀《とめわん》が鯛《たい》の潮汁《うしおじる》にご飯《はん》が松茸ご飯……。なんと贅沢《ぜいたく》なことよ！　俺なんぞ、生涯喉《しょうげえのど》を通らねえものばかりじゃねえか……。お品書を見てたら、なんだか急に小腹《こばら》が空《す》いちまったぜ。ちょいと彦蕎麦を覗いて、蕎麦でも食ってくることにすらァ」

亀蔵が立ち上がろうとする。

「あら、でしたら、おうめに言って、カステラ芋《いも》をお出ししましょうか？　確か、小《こ》中飯《じゅうはん》（おやつ）に作ると言ってましたので……」

カステラ芋と聞き、亀蔵の目が輝く。

「摺《す》り下ろした薩摩芋《さつまいも》に片栗粉《かたくりこ》と卵を混ぜて、砂糖《さとう》で甘く味付けしたものを玉子焼器《たまごやきき》に流し入れて両面を焼いたやつだろう？　先《せん》にここで食ったことがあるが、カステラ芋たァ、よく言ったものよ……。見た目がどこかしらカステーラに似てるもんな。そうそう、胡麻《ごま》を振りかけて焼いてるもんだから、芳《こう》ばしくてよ……。そいつァ、なんでも馳走《ごち》にならなきゃよ！」

「では、巳之吉、おうめにそう伝えて下さいな」

「へい」

巳之吉が帳場を出て行く。

おりきがお茶っ葉を替えると、新たに茶を淹《い》れる。

「けど、大《てえ》したもんよのっ」

亀蔵の言葉に、おりきがえっと手を止める。

「何がですか？」

「いや、三年前《めえ》のことを思い出した巳之さんも巳之さんなら、そうやって留帳にその日あったことを縷々《るる》書き留めている、おりきさんもおりきさんだ……」

「いえ、本当は、巳之吉が思い出す前に、お品書を見たわたくしが気づかなくてはならなかったのですよ。そのために、巳之吉は毎日わたくしにお品書を見せているのですからね……。それに、留帳にいちいち書き留めているのは、此度のようなことがあったときに失態《しったい》を演じないようにするため……。料理ばかりではありません。お客さまから言われたことや、ちょいとした癖《くせ》なども書き留めておきます」

「では、過去何年もの留帳を大事《でえじ》に仕舞《しま》っているというのかよ？」

「ええ、わたくしが女将になってからの留帳はすべて……。先代のも少しはあるのですが、先代は余程《よほど》気になったものだけを書き留めておられるので、お客さま全員というわけではないのですよ。けれども、わたくしは先代の留帳を見て学びましたの。余《よ》所《そ》では宿帳《やどちょう》を残しているだけで、その日の献立《こんだて》まで書き留めていませんものね」

「やっぱり、おりきさん、おめえは大《てえ》した女ごだぜ！　やらなきゃならねえことが山ほどあるというのに、そうして手を抜かねえんだからよ」

「あらあら、褒《ほ》めてもらっても、カステラ芋の他は何もお出ししませんことよ」

そこに計《はか》ったように、おうめがカステラ芋を運んで来た。

「お待たせしました。上手《うま》く出来たかどうか自信がないんですけど、砂糖をたっぷり入れておきましたので、甘いことは甘いと思いますよ」

おうめが猫板《ねこいた》の上にカステラ芋を載せた皿を置く。

「おう、これこれ！　おっ、先《せん》に食ったときよりも黄色みが多いような気がするが……」

「ああ、それは甘藷《かんしょ》の色が濃《こ》かったのと、卵の量を以前の倍に増《ま》したからでしょう」

「じゃ、この前よりももっと美味《うめ》ェってことか……」

亀蔵がカステラ芋をぱくつく。

「女将さんもどうぞお上がり下さいな。おや、大番頭さんは？　てっきりいらっしゃるものと思い、三人分持って来ましたのに……」

おうめが帳場の中に視線を這《は》わせる。

「現在《いま》、近江屋《おうみや》に行ってもらっているのですよ」

おりきがそう言うと、亀蔵がにたりと嗤う。

「てこたァ、俺が二人分食ってもよいということか？」

「まっ、親分たら！　ええ、構いませんよ。まだ沢山残ってますんで、大番頭さんにはあとで差し上げます。よかったら上がって下さいな」

「おうめは食べないのですか？」

「あたしは女衆《おなごし》と一緒に食間で頂《いただ》きますんで……」

成程、女中頭といえども、他の女衆の手前、自分だけ勝手な真似《まね》は出来ないということなのだろう。

「じゃ、あたしはこれで……」

おうめは辞儀をすると、帳場を出て行った。

おりきは皿を手にすると、満足そうに頷いた。

仕事の合間の、ほっとひと息吐けるこんなひとときが、おりきには何よりの馳走なのである。

亀蔵と入れ違いに、大番頭の達吉《たつきち》が戻って来た。

「ご苦労でしたね。それで、近江屋ではなんと？」

おりきが達吉のために茶を淹れてやりながら訊ねると、達吉は困じ果てた顔《こう》をして、首を振った。

「それが……。近江屋でも近藤喜十郎《こんどうきじゆうろう》という男は知らねえと言いやしてね。当然、立場茶屋おりきを紹介した覚えはねえそうで……。それで、念のためにと大番頭が過去十年の宿帳を引っ繰《く》り返《けえ》して調べてくれたんだが、近藤喜十郎なんて名はどこにもねえそうで……」

「では、何ゆえ、近江屋の紹介と偽《いつわ》りを言ったのでしょう……」

おりきは首を傾げた。

「それでね、帰《けえ》り道、考えたんでやすが、近江屋の旦那は門前町《もんぜんちょう》の宿老《しゆくろう》でもあるし、うちと近江屋が親《した》しいのを知って、近江屋の名前《なめえ》を出せば泊《と》めてくれるのじゃねえかと思い、それでそんな嘘を吐いたんじゃねえかと……」

「うちが一見客《いちげんきやく》は取らないということを知ってという意味ですか？　けれども、そんな嘘を吐いたところで、近江屋に問い合わせれば、すぐに嘘だと見破《みやぶ》られてしまうことくらい解っていそうなものを……」

おりきが眉根《まゆね》を寄せる。

「そうなんでやすよ。きっと、悪質《あくしつ》な悪戯《いたずら》なんだ。やっぱ、この件は断ることにしやしょう。あァあ、一旦《いったん》は予約の文《ふみ》を受け取ったというのに、門前払いをしなくちゃならねえとはよ……。あんましいい気のするもんじゃありやせんからね」

達吉が苦虫《にがむし》を嚙《か》み潰《つぶ》したような顔をする。

「まあま、そう気を苛《いら》つものではありませんよ。ときにはそんなこともあるでしょうからね。うちは先代の頃よりそれで徹してきたのですからね……。さっ、お茶をお上がりなさい。そうだわ！　おうめが小中飯にカステラ芋を作ったのですよ。それでも食べて機嫌《きげん》を直して下さいな」

おりきはそう言うと、板場側の障子を開けて、おうめ！　大番頭さんが戻って来ましたよ、と声をかけた。

暫《しばら》くして、おきちが盆にカステラ芋を載せて運んで来た。

「おや、おうめは？」

「さっきまで食間にいたんだけど、どこに行ったのか……。でも、大番頭さんが戻ってみえたら、これをお出しするようにと言われてたんで、代わりにあたしが運んで来ました」

おきちが盆ごと達吉の前に差し出すと、おりきが顔を顰《しか》める。

「おきち、お盆のまま出すとは何事ですか！　大番頭さんは客ではありませんが、だからといって、そんな無礼《ぶれい》は許しませんよ」

「ごめんなさい……」

おきちが慌てて盆を戻し、カステラ芋の皿を猫板の上に置く。

「おうめから教わらなかったのですか？」

「教わったけど、つい……」

「二度とこんな粗相《そそう》は許しませんからね！　さあもう行ってもよいですよ」

おきちがしおしおと下がって行く。

達吉はおきちの姿が見えなくなると、おりきの顔を窺った。

「女将さん、少々おきちに厳《きび》しすぎやしやせんか？　あんなにきつく言わなくても……。見てると、女将さんはおきちに格別《かくべつ》厳しいような気がして……」

「そう思われても仕方がありません。おきちは三代目女将を務める娘ですからね。厳しく躾《しつ》けるのは当然のことです。おきちも今や二十歳《はたち》……。あと四、五年もしたら、若女将になる身です。けれども、あの調子ではまだまだ……。寧《むし》ろ、これからはもっと厳しく躾けなければと思っているくらいです」

そこに、おうめが挙措《きよそ》を失い帳場に入って来る。

「申し訳ありません。おきちが不作法《ぶさほう》をしたとか……。あたしの躾《しつけ》が行き届かなくて申し訳ないことをしてしまいました。おきちには二度とこんなことがないようにと厳しく叱《しか》っておきますんで、どうか、お許し下さいませ……」

おうめが畳に頭を擦りつけ、平謝りに謝る。

「おうめ、もういいのですよ。頭をお上げなさい。おきちはわたくしが厳しく叱ったばかりです。そのうえ、おまえまでがきつく叱ると、おきちは立つ瀬がありませんからね……。現在《いま》はそっと優《やさ》しく包み込んでやって下さい。けれども、おきちを躾けるのはおまえの役目……。飴《あめ》と鞭《むち》を上手《じようず》に使い分けて、なんとかおきちを一人前に仕込んで下さい。わたくしは極力《きよくりよく》口を挟まないことにしますので……」

「畏《かしこ》まりました」

おうめは深々と頭を下げると、板場に下がって行った。

「成程、飴と鞭か……。上手《うめ》ェこと言うもんだ。皆が寄って集《たか》って厳しく当たったんじゃ、おきちに逃げ場がねえもんな……」

「さあ、カステラ芋をお上がりなさい。今日の出来は格別よいようですよ。亀蔵親分なんて二人前も平《たい》らげていきましたからね」

「親分が見えてたんで？　あっ、そうか、幾富士の祝言の按配《あんばい》を訊《き》きにね……。きっと、親分は自分に声がかからなかったもんだから、やきもきしていたに違《ちげ》ェねえんだ。親分にしてみれば、幾富士は娘みてェなもんだからよ……」

達吉がそう言い、カステラ芋に舌鼓《したつづみ》を打つ。

「美味《うめ》ェ……。なんて甘《あめ》ェんだ。疲れが一気に吹っ飛びそうだぜ！」

と、そこに玄関側の障子の外から声がかかった。

「女将さん、近江屋の旦那がお見えになりやしたが……」

下足番見習の末吉《すえきち》である。

おりきと達吉は顔を見合わせた。

「今し方、おまえが行ったときに近江屋さんはおられたのでしょう？」

「ええ、おられやした。けど、近藤喜十郎なんて男は知らないと言うと、奥に入《へえ》って行かれたきりで……」

「では、何用でしょう……。とにかく、入ってもらいましょう。末吉、お通しして下さいな」

おりきは近江屋忠助《ただすけ》のために、お茶っ葉を入れ替え、茶の仕度を始めた。

忠助が気を兼ねたような顔をして、帳場に入って来る。

「大番頭さん、先ほどは悪かったね。いや、実はね、思い出したんだよ……」

忠助がおりきに会釈《えしやく》すると、達吉の傍に寄って行く。

「えっ、思い出したって、近藤喜十郎のことをでやすか？」

達吉が驚いたように忠助を見る。

「近藤というからピンと来なかったんだが、八年前、立場茶屋おりきの通路を覗き込んでいる男がいましてね……。不審《ふしん》に思い声をかけてみたところ、この通路の奥には何があるのかと訊くものだから、立場茶屋おりきの旅籠《はたご》があると答えると、丁度良かった、宿を探していたところなので、今宵はそこに泊まろうというものだから、あたしは慌てましてね……。即座《そくざ》に、あそこは一見客を取らないうえに、料理旅籠なので滅法界《めっぽうかい》宿賃も高直《こうじき》で、とてもおまえさんの泊まれる宿ではないと言ってやったんだが……。あっ、それでよかったんだよね？」

忠助がちらとおりきを窺う。

「ええ、構いませんことよ」

おりきが笑《え》みを返し、忠助に茶を勧《すす》める。

「それで、その男はなんと？」

達吉が忠助を促《うなが》す。

「途端《とたん》に、途方《とほう》に暮れたような顔をしましてね。弱った……、今宵の宿をまだ決めていないのだが、どこか泊まれるところを知らないかと訊くものですから、たまたまあたしの宿には空室《あきしつ》があったものだから、うちも少し先で旅籠をやっているのだが、うちでよければ案内すると言うと、安堵したように、では頼む、と言うではないですか……」

「それで、近江屋さんに泊まることになったのですね」

おりきがそう言うと忠助は頷いた。

「そうなんですよ。が、その男、当時は田丸《たまる》と名乗っていましてね……。それで気づかなかったんだが、先ほどふっと喜十郎という名に心当たりがあるように思ったものだから、改めて宿帳を調べてみると、田丸喜十郎という名があるではないですか……。てことは、あれから婿《むこ》に入り、近藤に名前が替わったってこと……」

「けど、その男が何ゆえ立場茶屋おりきに予約の文を寄越《よこ》したので？　以前、近江屋に泊まったのなら、此度も近江屋にというのなら解るが……。しかも、わざわざ、近江屋から紹介を受けたと嘘まで吐いて……。旦那には紹介した覚えはねえんでしょう？」

達吉が訝《いぶか》しそうに忠助に目をやると、忠助は狼狽《うろた》えた。

「それが……。いや、うろ覚えなんだが、あのとき、立場茶屋おりきには一流の客しか泊まれないのだとあたしが言うと、その男、それを聞いてますます泊まりたくなった、よし、一念発起《いちねんほっき》して、自分も一流の客になろうではないか、その暁《あかつき》には、近江屋、おまえさんが紹介人になってくれるか？　と訊ねるものだから、酒のうえでの世迷言《よまいごと》だろうと思い、あたしも、ああいいだろう、紹介人になってやろうじゃないかと答えたような……。だって、そうではないですか！　田丸という男はどこから見ても浪人者で、うちの宿賃だって財布《さいふ》の底を浚《さら》うようにして払ったんですからね……。そんな男がどう足掻《あが》いたところで、一流の客になれるわけがない……。それで、あたしも冗談口《じょうだんぐち》のつもりでそう言ったんだが、あれから八年……。そんなことはすっかり失念していましてね」

忠助は恐縮したように、肩を窄《つぼ》めた。

おりきが潮垂れた忠助にふわりとした笑みを送る。

「近江屋さん、気になさることはありませんよ。明晩は幸い一部屋空《あ》いているので、近江屋さんが請《う》け合って下さるというのであれば、お泊めすることは吝《やぶさ》かでないのですが、それで、近藤、いえ、田丸喜十郎という方はどんな方ですの？　もう少し詳《くわ》しく話して下さいませんか」

　おりきが忠助を瞠める。

「詳しい話といっても……。ただ、豪快《ごうかい》で話し上手《じょうず》だったことは憶えています。なんでも、仕官を求めて江戸に出る途中のようでしたが、本人が言うには、剣術《けんじゅつ》の腕は並《なみ》外《はず》れているそうで、姫路《ひめじ》から江戸に出るまで賭《か》け試合で糊口《ここう》を凌《しの》いできたとか……。はて、なんて言いましたか……。薩摩《さつま》に伝わる古流剣術《こりゅうけんじゅつ》の……」

　忠助が首を傾げると、おりきが、示現流《じげんりゅう》ですか？　と言う。

「そう、それに似てるんだが、確か、その前に人の名がついていたような……」

「では、薬丸自顕流《やくまるじげんりゅう》ですわね。野太刀《のだち》という長い太刀《たち》を遣《つか》う攻撃的な剣術です」

「ほう、おりきさんが柔術《じゅうじゅつ》だけでなく、剣術にも詳しいとは……」

　忠助が感心したように言う。

「いえ、聞き齧《かじ》りですよ。国許《くにもと》にいた頃に門弟が話しているのを耳にしたというだけで……。まあ、そうですの。薬丸自顕流をね……。あの流派は一の太刀を疑わず、二の太刀は負けと言われるように先制攻撃を旨《むね》としますので、賭け試合で立行してきたくでしょうか……」

「ええ、あたしもそう言いました。ところが、田丸という男はあっさりとしたもので、仕官が叶《かな》わなければ、これから先も賭け試合を続けるまで……。江戸は剣術道場が多いので、道場荒らしもよいかもしれないと、平然とした顔をして言うではないですか！　が、婆娑羅者《ばさらもの》（乱暴者）かといえば、そうでもない……。これがなかなか端正《たんせい》な面差しをしていましてな。折り目正しく、物腰《ものごし》も柔《やわ》らかい……。ですが、田丸の言うことをどこまで信じてよいのか……。が、言っておきますが、決して、悪い男ではない！　ただ、立場茶屋おりきに相応《ふさわ》しい客かどうかは、実のところ、あたしにも判りません。やはり、お断りになったほうが宜《よろ》しいんじゃ……」

忠助が申し訳なさそうに目を伏せる。

「門前払いをしろとお言いなのですか？」

おりきがそう言うと、達吉も上擦《うわず》った声を上げる。

「そうですよ！　旦那の話を聞いた後では尚《なお》のこと、門前払いをするのがおっかなくなってきたではありやせんか……。その男が気分を害して、玄関先でやっとうを抜いたらどうすればいいのか……」

達吉が大仰《おおぎょう》に身震いしてみせる。

「まさか……。あの男がそんなことをするはずがありませんよ。はっきりと、刀と刀の対峙《たいじ》でないと、自分は決して抜刀《ばっとう》しないと言っていましたからね。あたしが思うに、田丸という男は余程立場茶屋おりきに憧れていたのではないかと……。あの男はあたしの言った一流という言葉に、いたく心を動かされたようなのですよ。あれから、立場茶屋おりきの客になるためにはと、それこそ一念発起したのだとすれば……。そう思うと、無下《むげ》に断るのも可哀相な気がします。済まなかったね、おりきさん。あたしはそんなつもりであの男に安請合《やすうけあい》したわけではないんだが、まさかこんなことになるなんて……」

忠助が頭を抱《かか》える。

「解《わか》りましたわ。近江屋さん、近藤さまをお泊めしようではないですか。ねっ、大番頭さん、それでいいですよね？」

達吉が慌てる。

「女将さん、そんなことを言っても……。第一《でえいち》、その男に宿賃が払えると思いやすか？」

忠助が咳《しわぶき》を打つ。

「そのときは、あたしどもで払いましょう。こうなったのも、あたしが安請合をしたせいで、身から出た錆《さび》……。大番頭さん、あの男の書出《かきだし》（請求書）は近江屋に廻して下さい」

　おりきが苦笑《くしょう》する。

「近江屋さん、そこまで責めを負うことはありませんよ……。ねっ、信じることにしましょうよ。どんな身の有りつきであれ、近藤さまにはお武家の血が脈々《みゃくみゃく》と流れているでしょうから……。わたくしは信じます。ねっ、そうしようではありませんか」

　おりきに瞠められ、忠助が参ったとばかりに、う～ん、と唸《うな》る。

「まったく、おりきさんの度胸《どきょう》のよさには兜《かぶと》を脱《ぬ》ぐよ……。ああ、解った。あたしも信じることにしましょう。ただ、万が一ってことがあれば、あたしに責めを負わせておくれ……。そうでもしないと、宿老としての面目《めんぼく》が保《たも》たれないのでな。なっ、この通りだ……」

　忠助が胸前《むねまえ》で手を合わせる。

　そこまで言われたのでは仕方がない。

　おりきも渋々《しぶしぶ》ながら頷いた。

「やれ、これで幾《いく》らか気が楽になった……。ところで、幾富士さんの祝言はどうでした?」

忠助が話題を替える。

「とてもよい祝言でしたことよ。内輪だけのほのぼのとした祝言でしたが、幾富士さんの幸せそうだったこと……。幾千代さんも嬉しそうで、心より幾富士さんの幸せを願っているのが、手に取るように伝わってきましてね」

ほう……、と忠助が目を細める。

「あの幾千代姐《ねえ》さんがね……。あたしは幾富士さんを嫁に出すことで、ひと揉めするのではないかと案じていたのだが、では、姐さんの中ではきっちり折り合いがついたと?」

「娘と思っていた幾富士さんを手放すのですもの、心寂しさは拭《ぬぐ》えないでしょうよ。けれども、幾千代さんは芯《しん》の強い女《ひと》ですもの、決して、弱音《よわね》を吐《は》かない……。それに、あの女《ひと》には芸の道がありますからね」

「そう、それに、おりきさんという肝胆相照《かんたんあいて》らす友がいる……。ああ、あたしは幾千代姐さんが羨《うらや》ましいよ。そうして、娘の祝言に参列することが出来たのだからよ……」

忠助が寂しそうに肩息を吐く。

娘のお佐保《さお》のことを思い出しているのであろう。

お佐保が染物屋染一《そめいち》の番頭義平《ぎへい》と祝言を挙げたのが、この六月のこと……。お佐保の話では、祝言は川崎宿《かわさきしゆく》の棟割長屋《むねわりながや》で、祖父を招いて形だけのささやかな式にしたとか……。

「近江屋のお父さまは参列なさいませんの？」

おりきがそう訊ねると、お佐保は首を振った。

「おとっつァんが列席となると、棟割長屋では済まなくなります。いいんです。あたしも義平さんもこれまで通り、身の丈《たけ》にあった暮らしをしたいと思っていますんです。あたしたちは何も変わってはいませんのよ……。それに文の遣《や》り取りで、おとっつァんとは心が繋《つな》がっていますんで……。此度、おとっつァんに逢えて、素晴らしい一夜が過ごせただけで満足していま……。」

「では、近江屋のお父さまが暖簾《のれんわ》分けのことで染一の御亭《ごてい》に掛け合って下さるとお言いでしたが、それはどうなさるの？」

ああ……、とお佐保と義平は顔を見合わせた。

「そうしてもらえると有難《ありがて》エ……。けど、あっしは焦《あせ》っちゃいやせん。まじめに我勢《がせい》していれば、いつかは日の目を見るかもしれねえ……。あっしはお佐保を護りやす。

決して哀《かな》しませることは致しやせん！」

義平はきっぱりとした口調《くちょう》で言った。

「解りましたわ。二人とも、お幸せにね」

おりきはそう言うと、餞《はなむけ》として、お佐保には櫛《くし》を、義平には根付《ねつけ》を贈《おく》った。

「わたくしの気持です」

「有難うございます。女将さん、あたしね、こう思ってるんですよ。あたしたちみたいな者は決して脚を踏み入れることが出来ない立場茶屋おりきの旅籠で、昨夜、江戸一番と言われる板頭《いたがしら》のお料理を頂くことが出来ました。それも、おとっつァんを交《まじ》えて……。あたし、あれがあたしたちの祝言だったように思うんです。ですから、川崎宿での祝言は、じっちゃんがいてくれればささやかでもいい……。あたしたちにとって、昨夜は忘れられない夜となりました。これも皆、おとっつァんや女将さんのお陰です。有難うございました」

お佐保はそう言って、品川宿門前町を後にしたのだった。

「その後、お佐保さんから便りが来ましたか？」

おりきが気遣《きづか》わしそうに忠助を見る。

「ああ、祝言を終えて一度寄越《よこ》した……。おとっつァんには祝言に出てもらえなかったが、自分にとっては、立場茶屋おりきでおとっつァんと一緒に食事をしたあのときが祝言だったと……。ああ、あたしはなんて酷《むご》い父親《てておや》なんだろう！　いくらお佐保が近江屋の女中に産ませた娘《こ》といっても、女房が亡くなった後も、お登紀《とき》やお登世《とせ》に内緒にしていたんだからね……。お佐保の祖父《じい》さんから文を貰い、それで初めて、あたしはお桂《けい》が赤児《やや》を産み、その後亡くなったことを知ったわけなんだが、あたしは金さえ送ればそれで済むと思っていた……。金で片がつくわけでもないのによ……。そんな非情《ひじょう》な父親《てておや》を恨んでくれてもいいのに、あの娘《こ》は嫁ぐ前にひと目おとっつァんに逢ってみたいと文をくれたんだもんな……。あたしはあの娘《こ》が恨んでいないと言ってくれたとき、思わずワッと声を上げて泣いてしまいましたよ」

忠助はしみじみとした口調で言った。

おりきも忠助とお佐保が立場茶屋おりきで初めての父娘《おやこ》対面をしたときにその場に居合わせ、お佐保が忠助を恨んでいないと言ったのを憶えている。

お佐保は忠助がこれまで父親《てておや》らしいことを何ひとつしてやっていなかったので、せめて、義平が染一に暖簾分けをしてもらうのに手を貸したいと言うと、

「おとっつァん……。おとっつァんと呼んでもいいのですよね？」

と忠助を窺った。

「ああ、いいともさ！　お佐保、許しておくれ。これまで放りっぱなしで、父親《てておや》としての責めを負おうとしなかったあたしを、どうか許しておくれ……。さぞや、恨んでいるのだろうね？」

「恨むなんて……。おとっつァんはあたしが不自由しないようにと、鶴見《つるみ》村《むら》のじっちゃんにずっと金子を送り続けて下さったではないですか……。何故《なぜ》、一緒に暮らせないのか、どうして逢ってはならないのかは、じっちゃんから聞きました。おとっつァんに逢いたくなかったといえば、嘘になります。逢いたくて逢いたくて……。どんな顔をしているのだろうか、優しい男《ひと》なのだろうか、と頭の中で、まだ見ぬおとっつァんのことをあれこれと思い描《えが》いていました……。だから、あたしはそれだけで幸せだったのです。だって、あたしのおとっつァんは品川宿門前町の近江屋という旅籠の主人《あるじ》で、門前町の宿老を務めるほどの立派な男《ひと》……。あたしのことを公《おおやけ》に出来なくても、じっちゃんとあたしが困らないだけのお金を毎年送って下さってるではないか、これ以上の贅沢を言っては罰《ばち》が当たる……、とそう思っていたのです。恨んだことなんて、一度もない！」

「お佐保、おまえ……」

忠助は感極《かんきわ》まって、ウッと袂《たもと》で顔を覆《おお》った。

「そうでしたよね……。あのときわたくしもその場にいましたが、お佐保さんの健気《けなげ》さに胸が詰まりましたもの……。これまで逢いたい、恋しいという想《おも》いを懸命《けんめい》に堪えていたというのに、恨みがましいことをひと言も言わず、寧ろ、父親《てておや》のことを誇りに思っていたというのですものね。あのときの近江屋さんのお顔……。愛しくて堪らないって目をしていましたことよ」

おりきがそう言うと、忠助は照れ臭そうに笑みを浮かべた。

「ああ、愛しい……。これまで寂しい想いをさせてきたと思うと、殊更《ことさら》、愛しい……。が、やっと、あの娘《こ》も義平というよき伴侶《はんりょ》を見つけ、これからは幸せに暮らしていける……。それ故《ゆえ》、人並《ひとな》みな祝言を挙げさせてやりたかったのに、形だけでいい、おとっつァんは気にしないでくれ、と言うあの娘《こ》の言葉に従ってしまった……。正直に言うと、あのとき、あたしはほっと胸を撫《な》で下ろしたのだよ……。この期《ご》に及んでも、あたしはまだそんな保身《ほしん》を！　その気持に気づいたとき、あたしは己《おのれ》を呪《のろ》った……。なんと見下げ果てた男なんだろう、犬畜生《いぬちくしょう》にも劣《おと》るとはまさにこのこと……と。だから、娘の祝言に列席できなかったことを嘆《なげ》く資格はないのですよ……。それなのに、幾千代姐さんが幾富士さんの祝言で嬉しそうな顔をしていたと聞けば、羨ましくて堪らないのですからね。嗤ってやって下さい……」

忠助が辛そうに顔を歪《ゆが》める。

「近江屋さん、大丈夫ですよ。お佐保さんは何もかもをちゃんと解っておいでですよ……。ここを発《た》つときも、見送りにお出にならなかった近江屋さんを気遣い、おとっつァんとの別れは昨夜済んでいる、二人が無事に川崎宿に戻ったと伝えて下さいと言われていましたからね」

おりきが慰《なぐさ》めるように言うと、忠助は寂しそうに笑った。

「あのとき、あたしは仏壇に手を合わせていたのですよ。無論《むろん》、うちの仏壇にお桂の位牌《いはい》があるわけではありません。だが、位牌はなくともお桂の魂《たましい》がそこにあると思い、お佐保が逢いに来てくれたことや、義平という善《よ》い男に巡り逢え、六月に祝言を挙げることになったと伝えていたのですよ……。すると、蠟燭《ろうそく》の灯《ひ》がちらちらと瞬《また》き、お桂が応えてくれたように思えましてね。その刹那《せつな》、ああ、あたしはなんて罪深い男なのだろう……、と涙が後から後から衝《つ》き上げてきて……」

「そうだったのですか……。けれども、父娘《おやこ》の縁がこれで終わりということではないのですもの……。これからも文の遣り取りをなさるのでしょう？　それに、義平さんが染一から独《ひと》り立ちする際には、力を貸すとおっしゃっていたではないですか……。そうなさるのでしょう？」

「ええ、勿論《もちろん》です！　それに、今はっきりと気持が固まりました。近いうちに、あたしは二人の娘に腹違いの妹がいることを打ち明けるつもりです……。お登紀もお登世も一時期あたしがお桂と理《わり》ない仲になっていたことに感づいていましたからね。二人して、病《やまい》のおっかさんがいるというのに、おとっつァんは酷《ひど》いじゃないか、と責め立ててましてね……。それで、あたしは泣く泣くお桂を実家《さと》に帰らせたのですが、あのとき、お桂のお腹に赤児《やや》がいたと知れば、お登紀もお登世もお佐保のことを認めざるを得《え》ない……。二人がどんな反応を示すのか空恐《そらおそ》ろしいような気がしますが、二人はもう大人ですからね……。隠し通されるより、真実を知るほうがよいと考えてくれるやもしれません」

忠助はそう言うと、憑物《つきもの》でも落ちたかのような顔をした。

「よくぞ、ご決断を……。ええ、わたくしもそのほうがよいと思います。隠し事はいつか暴露《ばれ》るものですからね。他人《ひと》の口から耳に入るよりも、近江屋さんの口から話されたほうがよいように思います」

おりきがそう言うと、忠助はやれと安堵の息を吐いた。

翌日、近藤喜十郎は近江屋忠助に付き添われてやって来た。

どうやら、喜十郎は立場茶屋おりきに来る前に近江屋を訪ね、忠助に今宵立場茶屋おりきに泊まる旨を伝えたとみえる。

忠助は恐縮したように玄関先で頭を下げ、そのときのことを説明した。

「近藤さまがあたしどもに断りもなく、近江屋の紹介と文に認《したた》めてしまったが、それでよかったかと訊かれるものですから、天骨《てんこち》もない、まずはあたしどもに紹介を請《こ》う文を出し、あたしが承諾したうえで立場茶屋おりきに予約を入れるのが筋なのに、勝手にそんなことをされたのは近江屋の名前を騙《かた》ったのも同然ではないですか、と少しばかり苦言《くげん》を呈《てい》しておきました……。が、まあ、なんとか泊めてもらえることになったと、昨日からの顚末《てんまつ》を話して聞かせますと、自分の配慮《はいりょ》が足《た》りなかったばかりに申し訳ないことをした、と大層恐縮なさいましてね。それで、是非あたしにも夕餉膳《ゆうげぜん》に加わってほしいと頭を下げられましてね……。だが、そんなことを言われても、予約をしていないあたしが突然加わったのでは、こちらさまがお困りになるのではないかと思いましてな……。何しろ、こちらの夕餉膳はうちと違い会席膳で、一人増えても何かと段取《だんど》りに支障《ししょう》が出る……。ねっ、そうですよね？」

忠助はおりきの腹を探るかのように、上目《うわめ》にそろりと窺った。

「まあ、そうだったのですか……。では、少々お待ち下さいませ。おうめ、板頭に夕餉膳が一人前増えても構わないかどうか訊ねてきて下さいな」

おりきが背後に控えたおうめに目まじする。

おうめが板場に去ると、近藤喜十郎は威儀《いぎ》を正し、慇懃《いんぎん》に頭を下げた。

「近藤喜十郎と申します。此度は、近江屋を通さずいきなり予約の文を差し上げるという不躾《ぶしつけ》なことをしてしまい、申し訳ないことをしてしまいました。何ぶん、この八年というもの、立場茶屋おりきの客になれるのを夢見てきましたもので、やっと来られるだけの条件が調ったと、ただただ舞い上がってしまい、順序を踏まえぬ行《おこな》いをしてしまい、汗顔《かんがん》の至《いた》りにございます……。先ほど、近江屋にてきついお叱りを受け、穴があったら入りたいような思いでおります」

おりきは慌てた。

「近藤さま、解りましたことよ。どうか頭をお上げ下さいまし」

「では、お許し下さると……」

喜十郎がハッと頭を上げる。

改めて品定《しなさだ》めするように喜十郎に目をやると、上背《うわぜい》のある体軀《たいく》に、その面差しには、きりりとした精悍《せいかん》さが漂《ただよ》っているではないか……。

おりきの胸がきやりと揺れた。

どこかしら、如月鬼一郎《きさらぎきいちろう》こと馬越右近介《まごしうこんのすけ》を彷彿《ほうふつ》させ、思わず懐《なつ》かしき男《ひと》に再会したような想いに陥《おちい》ったのである。

どうやら、達吉も同じ思いのようで、おりきにそっと目まじした。

すると、忠助がおりきたちの思いを察したようで、

「やはり、おりきさんもそう思うだろう？　あたしも八年前には何も感じなかったのだが、こうして久方ぶりに再会してみると、田丸さまが名前ばかりか姿まで様変《さまが》わりしているのに驚きましてね……。それで、気づいたのですが、どこかしら田丸、いや近藤さまが如月さまに似ているような……。ねっ、おりきさんも大番頭さんもそう思われたのではないですか？」

と言い、改まったように、喜十郎の頭の先から爪先《つまさき》を睨《ね》め下ろした。

おりきも達吉も、ほぼ同時に、ええ、と頷いた。

喜十郎が照れたような顔をする。

「いや、それを言われると面目《めんぼく》ない……。八年前は浪々《ろうろう》の身で、むさ苦しい形《なり》をしていましたからね。それで、如月とはどなたのことで？」

喜十郎が訝しそうに忠助に訊ねる。

「いや、先《せん》に立場茶屋おりきに寄寓《きぐう》していたお侍《さむらい》のことでよ……。何しろ、その御仁《ごじん》は記憶を失っていたものだから自分の名前も判らないときて、それで、便宜上《べんぎじょう》、節分《せつぶん》の日にここに転がり込んできたことから、如月鬼一郎と……」

喜十郎が興味深そうな顔をする。

「ほう……、記憶を失っていたとは、また何があったのだろう……。で、その男《ひと》は現在《いま》どこにいるのですか？」

おりきと達吉が顔を見合わせる。

おりきは辛そうに答えた。

「亡くなられましたの」

と、そのとき、おうめが板場から戻って来て、板頭がお請けしてよいと言っている、と伝えた。

「まっ、宜しかったこと！　では、どうぞ、お部屋に……」

おりきは女中たちに喜十郎たちを部屋まで案内するように目まじすると、改めて挨拶に参りますので、と頭を下げて帳場に下がった。

すると、おりきの後から帳場に入って来た達吉が、興奮したように言う。

「女将さん、驚きやしたぜ……。俺ャ、近藤さまが近江屋の旦那の後から玄関に入《へえ》って来たのを見て、夢でも見てるのじゃねえかと、思わず頬を抓《つね》ってしめえやしたぜ。如月さまに似てるのなんのって……」

「ええ、わたくしも驚きましたわ。全体の雰囲気が似ているのですよね……。目とか鼻といった一つ一つは、似ているようないないようなで、瓜《うり》二つとまで言えませんが、何しろ、鬼一郎さまがここにおられたのは一年ほどで、しかも、お亡くなりになってからは七年も経つのですものね……。現在《いま》では、鬼一郎さまがどんな顔をなさってていたのかも定かではありませんもの……」

「確かに言えてる……。けど、身体から醸《かも》し出される、そう、気のようなもの……。そいつが実によく似ている。そうかァ、鬼一郎さま、いや、馬越さまが自裁《じさい》されて、もう七年になるのでやすね……。光陰《こういん》矢の如《ごと》し……。あっしも歳《とし》を取るはずだぜ」

達吉がしみじみとした口調で言い、太息《ふといき》を吐く。

おりきは長いこと鬼一郎のことを忘れていたことに忸怩《じくじ》とした。

考えてみれば、国許にいた頃に陰ながら慕っていた藤田竜也《ふじたたつや》のことも、あれほど身を切られるような想いでその死を受け止めたというのに、いつしか、記憶の端《はし》から欠《けつ》落《らく》してしまっていたのである。

が、これを無情《むじょう》とは思わない。

それが生きていくということであり、幾千代のように、処刑されてもう何年も経つというのに、いつまでも、ただ一人の男を想い続けることのほうが希有《けう》なのである。

「女将さん、解りやしたぜ！　如月さまと近藤さまが似ていると思ったのは、どちらも、や、やっとうの遣《つか》い手だからだ……。確かに、背恰好《せかっこう》も似ているが、顔がというより、身体全体に漂う気のようなものに、同じ匂《にお》いがする……」

おりきは達吉の放った、同じ匂い、と言う言葉に、あっと息を呑《の》んだ。

その言葉が正しいかどうかは判らないが、確かに、そんな気がしないでもないのである。

が、近藤喜十郎のことについては、まだ何ひとつ判っていない。

何ゆえ、田丸から近藤に名前が替わったのか、喜十郎を取り巻く状況にどんな変化があったのか……。

すべては、喜十郎から詳しい話を聞いてからである。

おりきは客室に八寸《はっすん》が配れる頃合《ころあい》を見て、二階の客室へと上がって行った。

まずは松風《まつかぜ》の間から挨拶を始めていき、浜木綿《はまゆう》の間は一番後に回すことにした。

おりきが浜木綿の間の次の間から声をかけると、おりきさん、いいから早く！　と忠助が座敷の中から声を返してきた。

「さっ、早く傍にお寄りよ！　いやや、近藤さまから話を聞いて、驚いちまってよ……。一体、この男《ひと》に何があったと思います？」

忠助が待ちきれないとばかりに、いきなり本題へと水を向ける。

これでは、挨拶どころではないではないか……。

「いえ、解りませんが……」

おりきが首を振ると、忠助は愉快《ゆかい》そうに頬を弛め、

「これが信じられないような話でよ！　まるで、芝居か洒落本《しゃれぼん》の世界で、実際にこんな甘《うま》い話があるとはよ……。まさに、福徳《ふくとく》の百年目！」

と言った。

「と言いますと？」

おりきが訝しそうな顔をする。

すると、喜十郎が口を開いた。

「では、それがしから話しましょう……。それがしが八年前にこの旅籠の佇まいを見て、是非にもここに泊まりたいと思っていたところに、近江屋の主人《あるじ》から声をかけられ、ここは一見客は取らない料理旅籠で、初めての者は常連客の紹介がなければなら

ないうえに、一流の客と見なされなければならない、と言われ、それで、それがしが近江屋に泊まることになったという経緯《いきさつ》は聞いておられますな？　あのとき、それがしは主人《あるじ》の言った一流の客という言葉にいたく心を動かされましてな。これはなんでも、いつの日にか、その仲間入りをしたいものだと思い、江戸に向けて出立《しゅったつ》していったのだが、当時のそれがしは浪々の身……。嘗《かつ》ては姫路藩の馬廻《うままわ》り組に属していたのだが、あることがあり禄離《ろくはな》されに……。と言うのも、それがしは若かりし頃に直心影《じきしんかげ》流《りゅう》に束脩《そくしゅう》を入れ研鑽《けんさん》を積んでいたのだが、いつ頃からか薬丸自顕流に心酔《しんすい》するようになり、秘《ひそ》かに抜刀術《ばっとうじゅつ》の稽古《けいこ》に励んでいたのだが、あるとき城内で他流試合が行われることになり、それがしは直心影流として参戦することになった……。ところが、竹刀《しない》を合わせたその刹那、無意識のうちに下段正眼《げだんせいがん》の構えから蜻蛉《かげろう》の構えにと……。ああ、下段正眼の構えとは、剣先《けんさき》を下に降《お》ろした構えのことなんだが、それに引き替え、蜻蛉の構えは、右肩上に手を高く上げて構え、腰を深く落とす……。つまり、直心影流が防御《ぼうぎょ》に重きを置くのに比べ、薬丸自顕流は先制攻撃を重視する正反対の流派といってもよい……。ああ、こんな話、つまらないですか？」

喜十郎がおりきを窺う。

「いえ、興味深い話ですことよ。どうぞ、お続けになって下さいませ」

「なに、この女将は新起倒流《しんきとうりゅう》の達人《たつじん》でよ……。常並《つねなみ》な女ごとはちょいと違うからよ」

忠助が割って入ると、喜十郎が驚いたようにおりきを見る。

「頼もしいではありませんか！」

「近江屋さんたら……。いえ、国許にいた頃に父の道場で稽古をつけてもらったというだけで……。わたくしのことはさておき、どうぞお話を続けて下さいませ」

では……、と喜十郎が改めて話し始める。

「とにかく、薬丸自顕流というのは実戦に重きを置いた流派で、防御のための技《わざ》は一切《いっさい》なく……。万が一、相手に先制攻撃を仕掛けられた場合は、斬《き》られるより先に斬るか、相手の攻撃をたたき落とすかで対応し、相手を斬り殺すまで攻撃の手を弛めることはない……」

「一の太刀を疑わず、二の太刀は負けですね」

おりきがそう言うと、喜十郎は満足そうな笑みを浮かべた。

「やはりご存じでしたか……。と、まあ、そんな理由《わけ》で、それがしは相手の竹刀をはね飛ばしてからも、尚、立木《たちき》に横打ちをするかのように相手の胴《どう》を打ち続けた……。はっと気づいたのは、相手がすとんと腰砕《こしくだ》けしたように膝《ひざ》をついて倒れたときでして……。既《すで》に、男は息絶《いきた》えていた。それが原因《もと》で、それがしは道場を破門《はもん》になったばかりか、禄を失うことに……。以来、それがしは隠し立てせずに堂々と薬丸自顕流の旗《はた》印《じるし》を掲《かか》げ、仕官を求めて浪々の旅にと……。江戸に出れば、こんなそれがしでも認めてくれる藩があるのではなかろうかと思っていました……。ところが、ここで立場茶屋おりきの存在を知ったものだから、いつの日にか、立場茶屋おりきが一流の客として迎え入れてくれる男になりたいという願いで頭の中が一杯になり、江戸に出てからは、道場を訪ねては小遣《こづか》い稼《かせ》ぎをしていたのだが、あるとき、新当流《しんとうりゅう》の近藤道場を訪ねたときのことです……。ここで、それがしの身の有りつきが変わるようなことが起こって……」

喜十郎がそこで言葉を切ると、忠助は目を輝かせた。

「そう、そこで道場主の娘に見初《みそ》められ、婿《むこ》の座に収まったというのだから、なんと、逆玉《ぎやくたま》の輿《こし》もいいところ!」

どうやら、忠助はそこまでの話は聞いていたようである。

おりきも目を丸くした。

「まあ、そうなんですか!」

喜十郎は照れ臭そうに続けた。

「いえね、近藤道軒《どうけん》という御仁は高齢で、たまたま後継者《こうけいしや》に頭を悩ませていたところだったのですよ。それで、それがしが師範代以下すべての高弟を打ち負かしてしまったのを見た道軒どのに書斎に呼ばれましてね。道軒どのがこう言われるのよ……。見ての通り、我が道場には跡《あと》を託せる男が一人もいない……、どうだろう、おぬし、娘の婿になる気はないか……と。するとそこに、娘が茶菓《さか》を運んで来た……。なんということはない、いきなり見合ということになりましてね……。女ごは色白で、野の花を想わせる楚々《そそ》とした面差しをしていて、歳は二十三……。当時、それがしは二十八でしたから、歳の釣《つ》り合いもよい。ところが、道軒どのが言われるには、娘は生まれつき蒲柳《ほりゆう》の質《しつ》で、所帯を持たせたところで子は望めないだろうと……。成程、言われてみれば、痛々しいほどに痩《や》せていて、病弱なことがそうさせるのか、まるで親に見放された子犬のようにおどおどした目をしていてよ……。それがしは恥ずかしそうに俯《うつむ》いたその女ごを、何故かしら放っておけないような気になった……。護ってやらなければ……。そんな気持に突き動かされて、思わず、道場も娘御《むすめご》もお引き受け致そう、と答えていた……。それが、綾香《あやか》という女ごで、それがしの家内だった……」

えっと、おりきと忠助は耳を疑った。

「だった？」

「だったとは……」

　喜十郎が寂しそうな笑みを見せる。

「お訊ねするのですが、それでは妻女《さいじょ》は、もう……」

　忠助が気遣わしそうに訊ねると、喜十郎は辛そうに眉根を寄せた。

「舅《しゅうと》の道軒どのが亡くなったのが、それがしが道場主になって二年目のことで、綾香は去年の今頃……。綾香がよく言っていたのですよ。わたくしも品川宿門前町の立場茶屋おりきに一度は行ってみたいと……。と言うのも、所帯を持ってからも、ことある毎《ごと》に、ここが如何《いか》に素晴らしい宿かと話して聞かせていましたので、いつの日にか、一流の客として立場茶屋おりきに快《こころよ》く迎え入れてもらいたいというそれがしの夢が、綾香の夢になっていましてね……。千駄木《せんだぎ》の小さな道場ですが、それがしの代になって門弟の数も増え、今や、道場主という肩書《かたがき》もあり、こちらにお払いする鳥目《ちょうもく》（代金）にも困りません……。ですから、いつでも綾香を連れて泊まりに来ることが出来たのですが、哀しいかな、綾香の身体がそれに伴《ともな》いません……。それで、終《つい》しか連れて来ることが出来なかったのですが、去年、亡くなる数日前でしたか、おまえさま、わたくしが亡くなったら、もう誰にも気を兼ねることなく立場茶屋おりきを訪ねることが出来るのですよ、いえ、是非にもそうなさって下さいませ、とそう言ったのですよ……。天骨もない！　おまえがいないのに、それがし一人で行けるわけがないと言うと、一人ではありません、わたくしを連れて行くと思い、行って下さいねと……。それから二日後、綾香は息を引き取りました。だが、綾香がそんなことを言ったからといって、それがしが一人でここに来られるわけがありません……。ところが、一年の歳月《さいげつ》が経ち、庭に秋海棠《しゅうかいどう》が咲き乱れる頃になり、綾香が言い残した言葉を頻《しき》りに思い出すようになりましてね……。秋海棠は綾香の好きな花でした。それを見ていると、おまえさま、何ゆえ立場茶屋おりきに連れて行って下さらないのですか、と綾香がせがんでいるような気になってきて……。ウウッ……、ああ、済みません。見苦しいところをお見せしてしまって……」

喜十郎は懐から懐紙《かいし》を取り出すと、目頭《めがしら》を押さえた。

おりきの胸にも熱いものが込み上げてくる。

「それで、綾香さまをお連れになるつもりで訪ねて来て下さったのですね。よくぞお越し下さいました」

おりきがそう言うと、喜十郎はつと視線を柱の掛け花入れへと移した。

「この部屋に通されたときに、すぐに掛け花入れに活《い》けられた秋海棠が目に留まりましてね。一瞬、きやりとしました……。ああ、綾香が先回りして、それがしの来るのを待っていてくれたのだと……。あれはどなたが活けられたのですか?」

ああ……、とおりきが微笑《ほほえ》む。

「客室の花はすべてわたくしが活けていますが……」

「では、どの部屋にも秋海棠が？」

「いえ、この部屋だけですが……。他の部屋には、大文字草《だいもんじそう》を活けています」

そう言い、おりきはあっと息を呑んだ。

最初《はじめ》は、全室の掛け花入れに大文字草を活けるつもりだったのである。

ところが、最後に回した浜木綿の間の番になって大文字草がきれてしまい、何気なく手桶《ておけ》に入れていた秋海棠を活けることにしたのだが、喜十郎の話を聞いたあとでは、どう考えても、これはなるべくしてなったことのように思えてならない。

綾香さま……。

おりきは口の中で呟いた。

「やっぱり、そうか……。綾香が秋海棠に乗り移ってきたのですよ！　そうとしか思えません……」

喜十郎の目に溢《あふ》れた涙が、はらはらと頬を伝う。

「以前のあたしなら、そんな迷信《めいしん》みたいなことはとても信じられなかったが、現在《いま》なら、そういうこともあるかもしれないと思えるから不思議よ……」

忠助がやけにしんみりとした口ぶりで言う。

恐らく、忠助はお桂のことを思い出しているのであろう。

そこに、椀物《わんもの》と向付《むこうづけ》が運ばれて来た。

椀物は萩真丈《はぎしんじょう》、車海老、小豆《あずき》、絹莢《きぬさや》、糸瓜《へちま》の吉野《よしの》仕立《じた》てで、向付が鰈《かれい》の湯洗《ゆあら》いに岩茸《いわたけ》、蔓菜《つるな》である。

椀物の蓋《ふた》を取り、喜十郎が目を瞠《みは》る。

「これが立場茶屋おりきの料理なんですね！　先ほどの八寸の趣向《しゅこう》にも驚かされたが、板頭の心意気《こころいき》がよく解りましたぞ！　綾香に食べさせたかった……。いや、見せたかったと言ったほうがよいかもしれない」

「あら、綾香さんはちゃんと見ておいでになりますことよ。ほら！」

おりきが掛け花入れに活けた秋海棠に視線を送る。

「そうでした、そうでした」

喜十郎が頷く。

「ところで、一つ訊きたいのだが、近藤道場は確か新当流とか……。流派の違うおまえさんが継げるものですかかな？」

忠助が萩真丈を箸《はし》で二つに割りながら訊ねる。

「ええ、ですから、それがしが薬丸自顕流を捨てました……。昔は何がなんでも剣の腕で我が道を切り拓《ひら》いてみせると息巻《いきま》いていましたが、綾香との暮らしの中では、そんなぎらぎらした想いは不要のもの……。それがしは大切なことを忘れていたのです。相手を倒すのが剣術ではなく、己を高めるのが重要なのだという直心影流の教えを改めて思い出し、現在《いま》では、それがしの竹刀で人一人の生命《いのち》を奪ってしまったことを悔いています」

「では、その後の賭け試合や道場荒らしでも、他人《ひと》を死に追いやったことはないと？」

「ありません。あのときは藩を追われただけで、人殺しの罪には問《と》われませんでしたが、あのことでどれだけ良心の呵責に苛《さいな》まれたことか……」

「そうですか……。おまえさん、随分と回り道をしてきたが、近藤道場に巡り逢い、綾香さんという妻女を持てたことで、両目が開いたようですな。これも神仏のお導《みちび》き……。いや、綾香さんに導かれたのかもしれませんぞ！」

忠助がそう言うと、喜十郎が秋海棠へと目をやる。

「実は、今日が綾香の祥月命日《しょうつきめいにち》でしてね……。ここに来る前に、墓に詣《まい》ってきました」

「まあ、そうだったのですか……。では、これは御斎《おとき》といってもよいのですね。前もって解っていましたら、法事用の料理をお作りしましたのに……」

「いえ、これで充分です。このほうが、綾香を連れて来てやれたように思えますので……」

喜十郎は箸を膳に戻すと、改まったように忠助とおりきに目を向けた。

「近江屋さん、女将、此度はそれがしの不躾な願いをよく聞き入れて下さいました。お礼の申しようもございません、有難うございました」

喜十郎が威儀を正し、深々と頭を下げる。

「こちらこそ、綾香さまの祥月命日にお越し下さり感激で胸が一杯にございます。これでもう、近藤さまはわたくしどもの常連ですことよ。いつでも気軽にお越し下さいませね」

おりきも頭を下げる。

「では、それがしも一流の客に入れたもらえたと……。ああ、なんて嬉しいことを……。綾香が聞けばさぞや悦んだことでしょう」

「あら、もう聞いていらっしゃいますことよ！」

おりきが秋海棠へと目を向ける。

どこかしら秋海棠の葉が揺れたように思え、おりきの胸がカッと熱くなった。

残る秋

おりきはお茶を注《つ》ぐ手を止め、まあ……、と目を輝かせた。

「それは祝着至極《しゅうちゃくしごく》なことにございます。まあ、遂《つい》に沼田屋《ぬまたや》さまがお祖父《じい》さまになられるのですね……。確か、ご嫡男《ちゃくなん》の源一郎《げんいちろう》さんにはまだお子がおられなかったのではないかと……」

おりきがそう言うと、沼田屋源左衛門《げんざえもん》は笑顔を掻《か》き消し、つと、眉根《まゆね》を寄せた。

「それなんだよ、あたしの悩みの種《たね》は……。源一郎が所帯を持って、もう五年になるというのに、嫁の沢枝《さわえ》には一向《いっこう》にその気配《けはい》がない……。この春、祝言を挙《あ》げた源次郎《げんじろう》には子が出来たというのに、沼田屋が子宝《こだから》に恵まれないのでは三百落としたようなもの……。そう思うと、孫が出来るというのに、どこかしら心《しん》から悦《よろこ》べないような気がしてよ……」

「あら、沼田屋さま、そんなことを言ってはなりませんよ。源次郎さんと育世《いくよ》さんのお子は真田屋《さなだや》のお子といっても、沼田屋さまの孫に違いないのですからね……。それに、源一郎さんもそのうちお子に恵まれるかもしれないではないですか……。まだ五年ですもの……。所帯を持って、十年後に初めて子宝に恵まれたという話もちょくちょく聞きますからね」

おりきが源左衛門の前に湯呑《ゆのみ》を差し出しながら、やんわりと諫《いさ》める。

源左衛門はバツの悪そうな笑《え》みを見せた。

「いや、解《わか》ってるんだよ。理屈じゃ解っているのに、つい繰言《くりごと》を……。今朝も、家内に叱《しか》られましてな。少しは沢枝の立場を解ってやれと……。それでなくても、沢枝は子が出来ないことで肩身《かたみ》の狭《せま》い思いをしているというのに、おまえさまがそんな苦虫《にがむし》を噛《か》み潰《つぶ》したような顔をしていたのでは、ますます沢枝が追い詰められてしまうではないかと……。そう、こうも言っていたっけ……。源次郎に子が出来ることで、おまえさまは嬉《うれ》しさと悔《くや》しさが綯《な》い交《ま》ぜになった気持でいるのだろうが、それは真田屋とて同じこと……。真田屋は跡継《あとつぎ》に恵まれたといっても、そうそう手放しでは悦べないだろう、吉右衛門《きちえもん》さんや内儀《おかみ》さんの胸の内では、これが、こずえの産《う》む子であったら……、という思いが拭《ぬぐ》いきれず、もしかすると、育世さんが懐妊《かいにん》したことで、こずえさんへの哀惜《あいせき》の念がますます強くなったのではなかろうかと……。家内にそう言われて、あたしもはたと考えましてな……」

源左衛門は仕こなし振りにそう言うと、ぐびりと茶を飲んだ。

おりきが源左衛門に気遣《きづか》わしそうな視線を投げかける。

「と言いますと？」

「いや、源次郎の本音《ほんね》はどうなのだろうかと思ってな……。と言うのも、当初、源次郎は後添《のちぞ》いを貰《もら》うことを渋っていましたからね。亡くなったとはいえ、あいつの中では、いつまでもこずえさんの存在が根を下ろしていて、忘れようにもなかなか忘れられるものではない……。それを、あたしや真田屋、ほれ、女将《おかみ》、おまえさんまでが宥《なだ》め賺《すか》して、やっと見合から結納《ゆいのう》、祝言《しゅうげん》へと運んだのですからね……。源次郎があとで言っていたが、立場《たてば》茶屋《ぢやや》おりきの女将の言葉が背中を押してくれたと……」

「いえ、わたくしは何も……」

おりきは慌てた。

正《まさ》な話、大したことをしたつもりはないのである。

と言うのも、後添いを貰うことを渋っていた源次郎に、もしかすると、こずえさんが源次郎さんに育世さんを引き合わせたのかもしれない、と囁《ささや》いただけなのであるから……。

源次郎と育世の初顔合わせは見合という堅苦《かたくる》しい形を避《さ》け、後《のち》の月を愛《め》でながらということで、和《なご》やかな雰囲気の中で行われた。

おりきはそのときが育世と初対面であったが、育世を見て、きやりと胸が高鳴ったのを憶《おぼ》えている。

どこかしら、育世がこずえに似ているように思えたのである。

と言っても、姿形《すがたかたち》が似ているというのではない。

声というか、話し方に、こずえを彷彿《ほうふつ》とさせるようなところがあったのである。

その想《おも》いが、見送りに出た際、源次郎に問《と》われたことへの答えとなった。

あのとき、源次郎は戸惑《とまど》ったような眼差《まなざ》しをおりきに向けて訊《たず》ねた。

「女将さん、これで本当によかったのですよね？」

「今宵《こよい》、ここに来るまでは、こずえの三回忌を済ませたばかりというのに、後添いなどまだ早い、ましてや相手が高麗屋《こうらいや》の姪《めい》というのであるから、逢《あ》ってしまうと断るに断れなくなるのではなかろうかと逡巡《しゅんじゅん》していたのですが、それがどうでしょう……。育世さんにお逢いしてみると、何故《なぜ》かしら懐《なつ》かしさを覚え、迷いがあったことなど吹っ飛んでしまって……。こずえに済まない気持で一杯になりました。こんな気持になるのなら、やはり、逢わないほうがよかったのかと……」

おりきはふわりとした笑みを返した。

「源次郎さん、それは違いますよ。源次郎さんは育世さんに懐かしさのようなものを覚えたとおっしゃいましたが、実は、わたくしも育世さんに同じ感覚を覚えましてね……。それで思ったのですが、こずえさんが源次郎さんに育世さんを引き合わせようとなさったのではなかろうか……。わたくしにはそう思えてなりませんの」

「こずえがあたしに育世さんを引き合わせたとおっしゃるのですか……。では、仮にそうだとしたら、あたしが育世さんを後添いに貰うことをこずえも悦んでいるということ……。ねっ、そうなんですね?」

おりきが目許《めもと》を弛《ゆる》めると、源次郎は心《しん》から安堵《あんど》した顔をした。

「それを聞いて気持が楽になりました。まだ、この先どうなるか判《わか》りませんが、今後とも、何かと相談に乗ってもらえますか?」

「ええ、わたくしでよければ、いつでも……」

あのとき、おりきと源次郎の間でそんな会話がなされたのである。

では、そのときのことを、源次郎が源左衛門に告げたのであろうか……。

「とにかく、源次郎は女将のあのときの言葉で、育世さんとのことを前向きに考えようと思ったそうで……。が、赤児《やや》が産まれてくるとなると……。そりゃね、理屈では、祝言を挙げれば夫婦《めおと》の営《いとな》みがあり、赤児《やや》が出来ると解っていても、実際に育世さんのお腹《なか》に赤児《やや》が宿ったとなると、あの源次郎のことだから、またぞろ、悶々《もんもん》としたものを胸に抱《かか》えているのではなかろうかと、それが案じられましてな」

源左衛門が不安そうにおりきを見る。

ああ……、とおりきも頷《うなず》く。

難病を得《え》て余命《よめい》幾《いく》ばくもないと知りながらも、こずえを励まそうと真田屋の入り婿に入った源次郎である。

こずえ亡き後、真田屋安泰のために是非《ぜひ》にもと後添いを貰うことを周囲《まわり》から勧《すす》められ、源次郎も納得して育世と所帯を持ったのであるが、育世との間に赤児《やや》が出来たことで、再び、源次郎の中でこずえに済まないという想いが頭を擡《もた》げたとしたら……。

充分、考えられることである。

「それで、ここに来る前に、真田屋を覗《のぞ》いてみたのですが……」

源左衛門がふうと肩息《かたいき》を吐《つ》く。

「それで？」

「ええ、それが……。案の定、源次郎があまり嬉しそうな顔をしていないのですよ。いや、さすがに舅や嫁の前では、無理して頬《ほお》に笑みを貼《は》りつけていましたよ。が、親のあたしには隠せません……。あたしには源次郎の奴がどこかしら辛《つら》そうに見えましてね……。けれども、あたしは敢《あ》えて源次郎を質《ただ》そうとしませんでした。現在《いま》、あいつは自分だけが幸せになることで、こずえさんに後《うし》ろめたさを感じているのだろうが、そんな煩悶《はんもん》も育世さんのお腹が大きくなるにつれ、次第に薄らいでいくものですからな……。現実に目を向ければ、否《いや》が応《おう》でも、前を向いて生きていくより仕方なくなりますからね」

「それで、真田屋さまや内儀《ないぎ》は？」

源左衛門の内儀の言った、吉右衛門さんや内儀の胸の内では、これがこずえの産む子であったら……、という想いが拭いきれず、もしかすると、育世さんが懐妊したことで、こずえさんへの哀惜の念がますます強くなったのではなかろうか……、という言葉が気にかかっていたおりきは、そっと源左衛門の顔を窺《うかが》った。

「なに、家内の杞憂《きゆう》にすぎませんでしたよ……。二人とも実にさっぱりとしたもので、早く祖父さん祖母《ばあ》さんと呼ばれてみたいものよ、と嬉しさが隠しきれずにでれでれでしたからね……。あたしが見たところ、あの二人にとって、今や、育世さんは我が娘《こ》同様……。こずえさんのことが吹っ切れていないのは、源次郎だけとみてよいでしょう」

おりきはそうだろうか……、と思った。

吉右衛門もたまきも、こずえのことが吹っ切れたのではなく、それはそれとして置いておき、新《あら》たに育世を我が娘《こ》として受け入れようと努《つと》めているのではなかろうか……。

そうでもしなければ、ほかでもない、自《みずか》らが辛くなるばかりで、延《ひ》いては、育世をも苦しませることになる。

が、おりきは口には出さず、微笑《ほほえ》んだ。

「そうですか……。それはようございましたわ。それで、産み月はいつ頃かしら？」

はて……、と源左衛門が首を傾《かし》げる。

「嫌《いや》ですわ！　お聞きになっていないのですか……」

「いや、聞いたような気が……。待てよ、確か、お腹の赤児《やや》が三月《みつき》と言っていたので、するてェと、来年の五月か六月……。まっ、どっちにしたって、お産にはよい季候だ」

源左衛門がでれりと眉を垂《た》れる。

つい今し方、源次郎を婿に出して三百落としたと嘆《なげ》いたばかりというのに、源左衛門のこの爺莫迦《じじばか》ぶりはどうだろう……。

おりきはくすりと肩を揺《ゆ》らすと、源左衛門の湯呑に二番茶《にばんちゃ》を注いだ。

どうやら、源左衛門は育世が身籠《みご》もったことを伝えに来ただけのようで、ひとしきり世間話に興《きよう》じると、爺莫迦丸出しで脂下《やにさ》がった顔をして帰って行った。

「現在《いま》からあの調子じゃ、先が思い遣《や》られやすね。赤児《やや》が産まれたらどうなることか……」

途中から話に加わった達吉《たつきち》が、源左衛門を見送り戻って来ると、呆《あき》れ返ったようにおりきに目まじした。

「余程《よほど》、嬉しかったのでしょうよ。沼田屋さまには久々の慶事《けいじ》ですからね。無理もありませんわ……」

達吉も頷く。

「まあな……。考えてみれば、源次郎さんを真田屋の婿に出してからというもの、病《やまい》のこずえさんの生命《いのち》がいつまで保《も》つかと、毎日、薄氷《はくひよう》を踏むような想いできなさったんだからよ……。それに、こずえさんが亡くなってからは、すっかり気落ちしちまった源次郎さんを励まそうと躍起《やつき》になり、そのうえ、真田屋の先行きまで考えて、なんとしてでも後添いを貰ってくれるようにと源次郎さんを説得し続けたんだもんな……。

正な話、育世さんの懐妊の報を受け、沼田屋の旦那は肩の荷が下りたような想いだったに違《ちげ》ェねえ。いや、小躍《こおど》りして悦びてェ想いだっただろう……。それで、蔵前《くらまえ》くんだりからわざわざ女将さんに知らせに来たんじゃありやせんかね？　へへっ、してみると、案外《あんげえ》、旦那も可愛《かわい》いところがあるってことか……」

「達吉！」

おりきがもうそれ以上言うなとばかりに、達吉を目で制す。

「へっ……」

達吉は言いすぎたと思ったのか、肩を竦《すく》めた。

「それはそうと、わたくしに話とは……」

おりきが茶を淹《い》れながら、改まったように達吉を見据《みす》える。

「あっ、そのことでやすがね……。いえね、あっしも年が明ければ還暦《かんれき》を迎えやす。それで、そろそろ潤三《じゅんぞう》を正式に番頭にしてはどうかと思いやして……」

達吉が反応を窺うかのように、上目《うわめ》にちらとおりきを見る。

「それは構いませんが、おまえはどうするというのですか？　まさか、隠居を考えているのではないでしょうね」

「隠居……。いや、隠居といっても、あっしにゃ、ここより他に行く宛《あて》がねえ……。

それで、これまで通り二階家に置いてもらい、これからは潤三の後見役《こうけんやく》というか、背後からあいつを支えてやることが出来ればと考えていやすんで……」

おりきが小首を傾げる。

「それはどういうことなのでしょう……。達吉、おまえは考え違いをしているのではないですか？　いいですか、大番頭という肩書《かたがき》は、旅籠《はたご》だけのものではないのですよ。茶屋には茶屋番頭の甚助《じんすけ》がいますし、旅籠には達吉、おまえがいます。けれども、茶屋と旅籠の全体を束《たば》ねるのが、大番頭の務《つと》め……。おまえは旅籠の番頭を潤三に譲《ゆず》ればそれでよいと思っているようですが、潤三には旅籠の番頭は務められても、とても茶屋までは束ねることが出来ませんからね……。そのことをどう考えているのですか？」

「…………」

どうやら達吉はそこまで考えていなかったとみえ、袈裟懸《けさが》けでも食らったかのような顔をした。

「その様子では、そこまで考えていなかったようですね」

「へい……」

達吉は潮《しお》垂《た》れた。

「いいですか？　わたくしにも、おまえが言おうとしていることが解らなくはないのですよ……。潤三はもう独《ひと》り立ちしてもよい頃です。旅籠の番頭だけであれば、充分やっていけるでしょうからね。ですから、こうしたらどうでしょう？　年明けから、旅籠の番頭を潤三に、そして、おまえはこれまで通り、立場茶屋おりき全体を束ねていく大番頭……。これなら、甚助も納得してくれるでしょうし、わたくしも心強いことこのうえありません。正直に言いますとね、おまえに支えてもらわなければ、わたくしが心許《こころもと》ないのですよ。先代の女将亡き後、わたくしは達吉やおうめ、およねたちに支えられてなんとか立場茶屋おりきの女将を務めてこられましたが、およねは既《すで》にこの世にはいない……。そのうえ、達吉までが傍《そば》を離れていくとなれば、片腕をもぎとられたようで、考えるだに空恐《そらおそ》ろしいのですよ……。達吉、おまえには傍近くにいてもらいたいのですよ。ですから、金輪際《こんりんざい》、身を退《ひ》くなどという考えを持ってはなりませんぞ！」

「へっ……」

達吉が俯《うつむ》いたまま、肩を顫《ふる》わせる。

「どうしました？」

「嬉しいんで……。女将さんがそこまであっしを頼りにして下さっていると知って……。ああ、あっしは無駄に生きてきたわけじゃなかったのでやすね」

　達吉は泣いているようである。

「当たり前ではないですか。おまえは先代女将の片腕といってもよい男《ひと》……。謂《い》わば、先代と共にこの立場茶屋おりきを創《つく》り上げた男《ひと》であり、先代亡き後は、このわたくしを二代目女将として守《も》り立てて下さった……。おまえがいなければ、わたくしは今日まで立場茶屋おりきを護《まも》ってこられなかったでしょう。それは、この先も同じです。ですから、わたくしが女将でいる間は、わたくしと共に歩《あゆ》んで下さいな……。わたくしはなんとかおきちが三代目女将になれるように仕込みます。ですから、おまえはいつの日にか潤三が大番頭となり、三代目を支えられるように仕込んで下さいな。そのときが、わたくしたちが身を退くとき……。ねっ、解ってくれましたね？」

「へい。有難《ありがて》ェこって……。けど、あっしはもう歳《とし》だ……。いつまで皆の足手纏《あしでまと》いにならねえで務められるか……。仮に、この先、惚《ぼ》けでもしたらどうしようか、中気《ちゆうき》で寝たきりになったらどうしようかと、この頃うち、そんなことばかり考えてやして……。そんなことになるくれェなら、いっそひと思いに、海に身を投じたほうがいいんじゃなかろうかと……」

「莫迦なことを言うものではありません！　いいですか？　この先どうなろうとも、

おまえはわたくしにとっては親にも等しい男《ひと》……。いえ、わたくしだけではありません！　巳之吉《みのきち》やおうめ、おみのも、店衆《たなし》全員が同じ想いなのですよ。大船に乗った気持でいてくださいな。二度と、そんなことを言ってはなりませんよ！」

達吉がまた激しく肩を顫わせる。

「つい、善爺《ぜんじい》やとめ婆《ばあ》さんのことを思い出してよ……。そう言ャ、あの二人も皆に護られ、大往生《だいおうじょう》だったなァと……。叶《かな》うものなら、あっしもあの二人《ひと》みてェに逝《い》きてェもんだ……」

「達吉！　おまえはまだそんな歳ではありません。死ぬなんて……。いいえ、なりません！　おまえにはまだまだ働いてもらいますからね」

おりきが珍しく甲張《かんば》った声を出すと、達吉が現実に引き戻されたかのように、ハッと顔を上げた。

「勿論《もちろん》でやす！　身体《からだ》が動く間は、身を粉にして働かせてもれェやす」

おりきはほっと胸を撫《な》で下ろした。

達吉の言葉が、おりきの胸にぐさりと突き刺さっていたのである。

あっしも年が明けると還暦……。

下足番の善助《ぜんすけ》が亡くなったのが、六十五歳のときで、とめ婆さんが眠ったまま安らかに息を引き取ったのが、七十路《ななそじ》近く……。

そして、田澤屋伍吉《たざわやごきち》の母おふな、七海堂《ななみどう》の七海、吉野屋幸右衛門《よしのやこうえもん》と、このところ立て続けに近しき者にこの世を去られ、否が応でも、死を意識せざるを得《え》なくなったのであろうが、それにしても、まさか、達吉が隠居を仄《ほの》めかせるようなことを言い出すとは……。

おりきはすっかり慌ててしまったのである。

とは言え、達吉にまったくその気配《けはい》がなかったかといえば、そうでもない。

此《こ》の中《じゅう》、達吉がやたらに溜息《ためいき》を吐くようになったのである。

それも、別に溜息を吐くような場面でないときに、傍目《はため》にもはっきりと判るように、ふうと吐くのである。

おりきが何事かと驚いて目をやると、達吉は自分が溜息を吐いたことを意識していないのか、おりきの反応にとほんとした顔を返すのだった。

人の名前がすんなりと口を衝《つ》いて出ないのは、歳を取れば誰しも同じで、さして驚くことでもないのだが、眼鏡《めがね》の置き場を忘れたと言っては、帳場中を引っ繰《く》り返すのには、おりきも些《いささ》か閉口《へいこう》していたのである。

老《お》いがじわじわと達吉に襲いかかっていることは否《いな》めない。

かと言って、それが耄碌《もうろく》とも思えず、おりきは楽観していたのだが、では、達吉にはそんなことが応《こた》えていたというのであろうか……。

おりきは達吉を励ますかのように、あっけらかんとした口調《くちよう》で言った。

「そうですよ。覚悟しておいて下さいよ。わたくしは決して手を弛めませんからね！」

「へっ、呑込承知之助《のみこみしようちのすけ》！　あっしもよ、女将さんと巳之《みの》さんが夫婦《めおと》の契《ちぎ》りを交《か》わすのを、なんとしてでも見届けなきゃなんねえからよ！」

「達吉、今、なんと？」

「だから、女将さんと巳之さんが夫婦に……。えっ、違《ちげ》エやす？　二人とも、その気があるんでやしょ？　だったら、早《はえ》ェとこ祝言を……。いや、形式ばった祝言でなくてもいいんだ。女将と板頭《いたがしら》の間柄《あいだがら》で、あんまし大袈裟《おおげさ》にしたくねえのなら、店衆に祝《いわい》酒《ざけ》を振る舞うだけでいい……。とにかく、いい加減《かげん》はっきりしてもらわねえことには、あっしも死ぬに死にきれねえからよ……」

「達吉、またそんなことを！」

「いや、死ぬと言ったのは言葉の綾《あや》で……。けど、あっしは、いや、あっしばかりじゃねえ……。おうめもおみのも、甚助も、店衆は皆、そんなふうに思ってやすからね」

おりきには返す言葉がなかった。

おりきも巳之吉も、年が明けて三十九歳……。

そろそろ、今後のことを話し合ってもよい頃なのかもしれない。

が、おりきも巳之吉も、これまで一度も互いに本心を打ち明けたことがないのである。

おりきは巳之吉が自分を慕《した》っていることに薄々《うすうす》気づいていた。

そして、おりきも巳之吉のことを……。

それなのに、何ゆえ、もう一歩突き進んでいけないのかも解っていたのである。

が、店衆もおりきと巳之吉が夫婦になることを望んでいるというのであれば、なんら問題はないはず……。

「解りました。巳之吉と話し合ってみることにします」

達吉の目がぱっと輝く。

「そうでやすか！　ああ、ものは言ってみるもんだ……。これで肩の荷を下ろして冥《めい》土《ど》に行けるってもんでェ……」

「達吉！」

おりきが声を荒らげる。

達吉はひょいと首を竦めた。

取り上げ婆《ばば》のおさきはおまきの診察を終え、蕗味噌《ふきみそ》を嘗《な》めたような顔をした。

「案の定、出血してるよ……。お腹の赤児《やや》もかなり下りて来ているし、もしかすると、早産ってことに……」

えっと、おまきは頬を強張《こわば》らせた。

「まだ八月《やつき》なのに、そんなことって……」

「充分あり得《う》る話だ。おまえ、無理しちゃならないと、あれだけ口が酸《す》っぱくなるほど言っておいたのに、聞かなかったんだね？」

「無理はしていません。普通に動いてただけです」

「普通に動いてたとは、四人の子の世話やおさんどんをしていたってことだろ？　それがいけないというのさ！　なんせ、おまえさんはこれまでに三度も中条《ちゅうじょうりゅう》流で子堕《こお》ろしをしてきてるんだからね。子宮に子種《こだね》が根を下ろしたのも不思議なら、ここまで流れなかったのも不思議なくらいでさ……。腹帯《はらおび》（岩田帯《いわたおび》）を巻いてからも決して油断は出来なかったんだよ。極力《きょくりょく》、安静にしてなきゃならなかったのに、日頃と変わらない暮らしをしていたなんてさ……。いいかえ、生憎《あいにく》、うちにはおまえさんを養生させる部屋がないもんで、ひとまず下高輪台《しもたかなわだい》に帰すけど、お腹に痛みが走ったら、すぐに誰かを知らせに寄越《よこ》すんだよ。いつ何時《なんどき》であろうと、あたしが駆けつけるからさ！　大丈夫かえ？　一人で帰れるかえ？　なんなら、四ツ手（駕籠《かご》）を呼んでやろうか？」

おさきが心配そうにおまきの顔を覗き込む。

「いえ、大丈夫です。ゆっくり歩いて帰りますから……」

「気をつけて帰るんだよ。いいね、家に戻ったら、すぐさま床を取って休むんだよ。くれぐれも言っとくが、誰になんと言われようと、おさんどんをしようなんて思うんじゃないよ！　一番上のお京《きょう》って娘《こ》は十歳を過ぎてるんだろ？　その娘《こ》に家事仕事をやらせりゃいいんだからさ」

「お京ちゃん？　あの娘《こ》は十二歳です」

「十二？　年が明ければ十三だ……。なら、尚更《なおさら》だ。その娘《こ》に弟たちの面倒を見させるんだね！」

「けど、お京ちゃんは先《さい》つ頃通い始めた稽古事《けいこごと》で忙しくって、家に戻って来るのが六ツ半（午後七時）頃なんで……」

「フン、御大家《ごたいけ》のお嬢《じょう》みたいなことを言ってるんじゃないよ！　現在《いま》は危急存亡《ききゅうそんぼう》の秋《とき》なんだからさ。皆して、母体を護るのが先決じゃないか……。ああ、もう焦《じ》れったいったらありゃしない！　あたしが一緒について行き、おまえの亭主に話してやろうか？」

おさきが気を苛《いら》ったように言う。

おまきは慌てた。

「いえ、いいんです！　うちの男《ひと》にはあたしがちゃんと話しますんで……」

「そうかえ。なら、そうするがいいさ」

おさきはそう言うと、玄関先まで、おまきを支えるようにして見送りに出た。

おまきは海岸沿いの道に出ると、四囲《しい》を見廻《みまわ》した。

辻駕籠《つじかご》でもいれば乗ろうかと、ちらとそんな想いが頭を過《よ》ぎったが、生憎、どこにもそれらしき姿がない。

仕方なく、おまきはとろとろとした足取りで、成覚寺《じょうかくじ》のほうに歩いて行った。

刻《とき》は七ツ（午後四時）頃であろうか……。

今時分、幸助《こうすけ》も和助《わすけ》も手習指南所から戻って来て、どこかに遊びに行っているだろう。

そして太助《たすけ》は昼寝中……。

おまきは太助が眠ったのを見届け、春次《はるじ》に声をかけて家を出て来たのであるが、途中、太助が目を醒《さ》まし、ぐずり出したとしても、春次ではあやすことも出来ないだろう。

それが解っているだけに、気が急《せ》いてならないのである。

とは言え、昼過ぎ頃からお腹に違和感を感じ、じくじくとした重い痛みに不安が募《つの》るばかりで、太助を寝かしつけると取るものも取り敢えず、おさきの許《もと》へと急いだのだった。

こんなとき、おさきが言うようにお京がいてくれれば心強いが、お京は一月《ひとつき》ほど前から、絵師河北臨斎《かわきたりんさい》の許で絵の稽古を始めたばかりなのである。

絵を習いたいと言い出したのは、お京である。

お京にも他の女《おな》ごの娘《こ》のように何か稽古事をと思っていたおまきは、二つ返事で承諾した。

とは言え、お京が琴や活花《いけばな》、茶事《ちゃじ》、三味線《しゃみせん》といった習い事に関心を示さず、自らの口からやりたいと言ったのが絵だったとは……。

が、手先の器用な位牌師《いはいし》春次の娘なら、それも頷けるというもの……。

春次は女ごが絵なんて……、と当初は難色《なんしょく》を示したが、おまきは譲らなかった。

「何言ってるんですよ！　女ごだって、立派に絵師が務められるんですからね。ほら、葛飾北斎《かつしかほくさい》の娘の応為《おうい》って女《ひと》なんて、一説では、おとっつァんより才があるっていうんだからさ！　あたしはお京ちゃんが絵の道に進みたいというのなら、反対はしないよ。ううん、絵師になんてならなくてもいいの……。絵を習いたいという、その気持を大切にしてやりたいのよ」

おまきにそこまで言われては、春次には返す言葉がなかった。

元々、子供にあまり関心を払わない春次である。

「まっ、おめえがそう言うのなら、俺《おり》ャ、異存はねえがよ……」

それで決まりだった。

そうして、お京は江戸《えど》琳派《りんぱ》の河北臨斎の許に通い始めたのである。

河北臨斎を師に選んだのは、臨斎の家が豊岡町《とよおかちょう》にあり、十二歳の娘《こ》にも通いやすいというのが最大の理由だが、お京は臨斎の雨や空気、光といったものを巧《たく》みに画面に取り入れた瀟洒《しょうしゃ》な絵にいたく心を動かされたようで、手習塾を終えると、いそいそと豊岡町へと急ぐようになったのである。

それ故《ゆえ》、家事や弟たちの世話を、お京に期《き》するわけにはいかなかった。

何しろ、おまきはお京が活《い》き活きとした顔をしていてくれるのが何より嬉しいのであるから……。

いいさ、固《もと》より、あたしが四人の子の母親になると決めたんだもの……。

これから生まれてくる子と、あの子たちを決して分け隔《へだ》てしない！

そうしなきゃ、あたしが春次さんの後添いに入った意味がないじゃないか……。

そんなことを考えながら歩いていると、車町《くるまちょう》まで来ていた。

ここからは上り坂となる。

が、坂を上りかけて十歩ほど歩いた頃であろうか、おまきのお腹に激痛が走った。

おまきはその場に蹲《うずくま》ると、お腹に手を当てた。

その刹那《せつな》、生温《なまぬる》いものがぬるりと太股《ふともも》を伝った。

一瞬、血かと思ったが、透明《とうめい》である。

だが、おまきはそれが破水《はすい》だとは思わなかった。

ただただ、再び襲ってきた激痛に堪《た》え忍んでいたのだった。

「親分、女ごが蹲ってやすぜ！」

坂下のほうから声がして、バタバタと足音がした。

「身重《みおも》の女ごだぜ。てこたァ、おっ、産気《さんけ》づいたってか！」

どうやら、下っ引きの金太《きんた》の声のようである。

「金、邪魔だ！　そこをどけ。おっ、女ご、どうしてェ、産気づいたって？　おっ、おめえはおまきじゃねえか！　金、ボケッとしてるんじゃねえ。急いで、取り上げ婆のおさきを呼んで来な！　と言っても、ここから下高輪台じゃ、遠すぎる……。そうだ！　利助《りすけ》、八文屋《はちもんや》まで走って、鉄平《てっぺい》に大八車《だいはちぐるま》で迎えに来るように伝えてくんな。そう言えば、勘《かん》のよいおさわにゃ何があったのか解るだろうからよ……。そういう理由《わけ》だ。金、おまきを八文屋に運んでおくから、おさきをそこに連れて来るんだ！」

亀蔵《かめぞう》が下っ引き二人を鳴り立てる。

「へい」

「解りやした！」

金太はおさきの許に、利助が八文屋へと走っていく。

「おまき、辛抱《しんぼう》するんだぜ！　もうすぐ、取り上げ婆が来てくれるからよ」

亀蔵がおまきの耳許《みみもと》に囁く。

「親分……。あたし、帰らなきゃ……」

「てんごう言ってんじゃねえや！　見なよ、おめえ、破水してるんだぜ。大丈夫《でえじょうぶ》だ。今、鉄平が迎えに来てくれるからよ。それに、うちにはおさわという頼もしい助《すけ》っ人《と》がいる。みずきやお初《はつ》のときだって、おさわがどれだけ助《す》けてくれたか……。あいつがいれば百人力《ひやくにんりき》だからよ！」

「けど、子供たちが……」

「心配《しんぺえ》するな。あとで金か利助を知らせに走らせるからよ」

「けど、あたし、あァあ……、痛い……」

おまきは押し寄せる激痛にハッハと喘《あえ》いだ。

「大丈夫《でえじようぶ》だ。大丈夫だからよ！」

亀蔵はそう呟《つぶや》きながら、いつの間にか集まってきた野次馬《やじうま》に向かって、大声でどしめいた。

「てめえら、見世物《みせもの》じゃねえんだ。とっとと失《う》せろってんでェ！」

大八車で運ばれて来たおまきを見て、おさわはひと目でお産が間近《まぢか》に迫っていると悟《さと》った。

「この様子じゃ、おさきさんが来るまで保たないかもしれないね。よし、解った！

こうめちゃん、あたしたちでなんとかしようじゃないか……。鉄平、さあ、おまきさんを食間に運んでおくれ！　それから、お湯を沸《わ》かすんだよ。ああ、その前に、暖簾《のれん》を仕舞《しま》うのを忘れないでおくれよ。現在《いま》いる客が帰ったら、山留《やまどめ》（閉店）にするんだからさ」

おさわがてきぱきと指示を与える。

八文屋で赤児《やや》を取り上げるのは、二年ほど前にこうめがお初を産んで以来のこと……。

あのときも、取り上げ婆が来るのが遅れたために、おさわが手際《てぎわ》よく食間に産褥《さんじょく》を調《とと》えたのだが、まさか、おまきまでが八文屋で赤児《やや》を産むことになるとは……。

こうめもみずき、お初と二度も出産を体験したので、さすがに要領が解っているとみえ、天井《てんじょう》から縄《なわ》を吊《つる》したり、蒲団《ふとん》の上に油紙《あぶらがみし》を敷いて周囲《まわり》を枕屏風《まくらびょうぶ》で囲《かこ》うなどして、甲斐甲斐《かいがい》しく立ち働いた。

毎度のことだが、こんなとき役に立たないのが男連中で、亀蔵など、

「それで、俺ャ、一体何《いってえ》をすりゃいいんだか……」

と産褥の中を気遣わしそうに覗き込み、親分、そんなところに突っ立ってられたんじゃ邪魔なんだよ、とおさわに鳴り立てられて、しおしおと見世《みせ》のほうに戻って行く

有様《ありさま》……。

「親分、まあ、坐《すわ》って下せえよ。正な話、俺たちには手が出せねえんだから……」

鉄平が最後の客を送り出し、板場に戻って来る。

「今、お茶を淹れやすんで……」

「お、済まねえ。ところで、春次に知らせに走ったんだろうな？」

「ええ、利助さんがここに知らせに来て、その脚《あし》で、下高輪台に走りやした」

「それにしても、おさきの奴、遅《おせ》ェじゃねえか！」

「あの女《ひと》ももう歳ですからね。そのうち来ますよ。親分みてェに、そう気を苛ってもどうしようもねえんだから……」

鉄平が苦笑《にがわら》いしながら、亀蔵の前に湯呑を置く。

と、そのとき、食間のほうからギァア！　とおまきの悲鳴が聞こえた。

亀蔵と鉄平が顔を見合わせる。

「生まれたのか？」

「いや、赤児《やや》の泣き声が聞こえてこねえ……。きっと、まだなんですよ」

「鉄平、ちょいと覗いてきな」

「いや、俺は……」

鉄平が慌てて両手を振る。

亭主でもないのに、他人《ひと》の女房のお産を覗くわけにはいかないという意味なのであろう。

とは言え、先程まで絶《た》え間なくおまきの呻《うめ》き声やおさわの励ます声がしていたというのに、先ほどの悲鳴を最後に、やけに食間が静かではないか……。

亀蔵が心細そうに鉄平を見る。

鉄平の面差《おもざ》しに緊張の色が走った。

「…………」

「…………」

と、そのとき、食間におまきの絶叫が轟《とどろ》いた。

痛みを伴《ともな》う悲鳴とはまた違った絶叫に、亀蔵は色を失い、さっと立ち上がった。

「おまき、大丈夫《でえじようぶ》か！」

亀蔵が板場から食間へと駆け上がる。

鉄平も後に続いた。

亀蔵が食間の障子《しようじ》を勢《いきお》いよく開けると、おさわとこうめが一斉《いっせい》に振り返った。

おさわが辛そうに眉間《みけん》に皺《しわ》を寄せ、首を振る。

こうめも今にも泣き出しそうな顔をしているではないか……。

「どうした！　一体《いってえ》、何が……」

亀蔵はあっと息を呑《の》んだ。

おまきが手拭《てぬぐい》に包んだ赤児《やや》を抱き締め、ぶるぶると身体を顫わせているのである。

「息をしていないんだよ、赤児《やや》が……」

おさわが声を顫わせる。

「息をしてねえって、なんでだよォ！」

「何故って言われても……。ほら、赤児《やや》があんなに小さいんだもの……。手や脚なんて小枝みたいに細くてさァ……」

おさわがそう言うと、こうめが頷く。

「今、気づいたんだけど、確か、おまきさんの産み月は正月明けと言ってなかったっけ？　てことは、まだ二月《ふたつき》もある……」

「早産ってことか……。で、おまきの身体は大丈夫《でえじょうぶ》なんだろうな？」

「現在《いま》のところはね。けど、大事を取って素庵《そあん》さまに診《み》せたほうがいいのじゃないかと……」

おさわがそう言い、おまきから赤児《やや》を受け取ろうとする。

おまきは、嫌、嫌、と頭を振った。

「あたしの……、あたしの赤児《やや》なんだ。誰にも渡さない！」

「誰にも渡さないって……。おまきさん、赤児《やや》は死んじまったんだよ。可哀相《かわいそう》に、産声《うぶごえ》ひとつ上げないままに……。おまえの気持はよく解る……。二度と赤児《やや》に恵まれないと思っていたおまえが、やっとこの世に送り出した赤児《やや》だもんね。けどさ、生きて生まれてこられなかったんだもの、それが、この子の宿命《さだめ》……。けど、たった八月《やつき》でもおまえのお腹の中で生きてたんだ……。この子もそれだけで満足していると思うよ。だって、そうだろう？　この子は八月《やつき》の間、おまえのお腹の中にいて、おっかさんを独り占めに出来たんだからさ……」

おさわが諄々《じゅんじゅん》と諭《さと》すように言う。

「赤児《やや》が幸せに思ってるかどうかは別として、おまき、死んだ子をいつまでも抱いているわけにはいかねえんだよ……。そうやって別れを惜《お》しむのは構わねえが、亭主にその子を見せたら、手厚く葬《ほうむ》ってやるんだな……」

亀蔵がそう言ったときである。

春次が男の子三人を連れてやって来た。

続いて、取り上げ婆のおさきが金太と一緒に姿を現す。

おさきは赤児《やや》を抱いたおまきを見てすぐに事情を察したようで、無理矢理おまきの手から赤児《やや》を引き離すと、おまきの診察を始めた。

「だから言ったじゃないか……。あたしにゃ、こうなることが解ってたんだ……。おお、後産《あとざん》は上手《うま》くいったようだね。これはおさきさんが？　そうかえ……。おまえさんがついていてくれて助かったよ。出血も思ったより少なかったみたいだし、うん、母体はこれで安心だ……。ただ、通常の出産と同じように、当分は安静にしてなきゃならないよ」

すると、どうやら春次にもやっと事情が呑み込めたとみえ、怖々《こわごわ》とおさわの腕の中を覗き込む。

「駄目だったってことか……。赤児《やや》が生まれると利助さんに聞いて、まだ産み月じゃねえのに……、と思いながら来てみたんだが、ああ、やっぱ、こういうことだったんでやすね」

「なんで？　なんで赤ちゃんが死んじまったの？」

「ねっ、男の子？　女ごの子？」

幸助と和助が赤児《やや》を覗き込む。

「女ごの子だよ」

おさわがそう言うと、幸助と和助が顔を顰《しか》める。

「なんだ、女ごか……。つまァんない！」

「死んじまったんだから、もうどっちでもいいけどさ」

「これっ、二人とも！」

春次が慌てて二人を制し、気遣わしそうにおまきを窺う。

おまきの目からはらはらと涙が零《こぼ》れた。

声には出さず、後から後から、溢《あふ》れ出る涙……。

声にならないから尚《なお》のこと、おまきの愁傷《しゆうしよう》がより強く伝わってくる。

「おっかたん、なんで泣いてるの？」

太助がおまきの傍に寄って行き、肩に手をかける。

おまきは太助を抱き締めると、肩を顫わせた。

何が起きたのか解らない太助はとほんとしている。

「太助、大丈夫《でえじようぶ》だよ。おっかさんはちょいとばかし加減《かげん》が悪かったが、すぐに治《なお》るからよ……。心配《しんぺえ》しなくていいんだよ」

鉄平がそう声をかけると、太助はニッと笑い、おまきの肩を揺すった。

「おっかたん、うちに帰《けえ》ろうよ！　早く帰《けえ》ろうよォ……」

おまきがうんうんと頷く。

「帰ろうね。太助ちゃんと一緒に帰ろうね……」

すると、亀蔵が慌てて割って入る。

「帰《けえ》るって……。おさわ、おまきを動かしていいのかよ。素庵さまに診せるんじゃなかったのかよ」

おさわは困《こう》じ果てた顔をして、ちらとおさきを窺った。

「どうでしょう？　やはり、一度、素庵さまに診てもらったほうがいいのじゃないかしら……。幾富士《いくふじ》さんが死産した後、長患《ながわずら》いをしたことを考えても、あたしは念には念を入れておいたほうがよいと思うんだけど、どう思います？」

「幾富士って、幾千代《いくちよ》姐《ねえ》さんのところにいた？　ああ、あの女《ひと》は出産前から妊娠腎《にんしんじん》に罹《かか》っていたというからね……。それで、腎の臓《ぞう》を患っちまったんだろうが、おまきさんの場合は、早産しただけ……。けど、これまでに身体を酷使《こくし》してきたことから考えて、そうだね、診てもらうに越《こ》したことはない」

おさきが頷くと、幸助が透《す》かさず槍《やり》を入れる。

「酷使って？」

「幸助、余計《よけい》な口を挟《はさ》むもんじゃねえ！」

春次が鋭い目で幸助を制すと、皆を見廻す。

「此度《こたび》はお世話になりやした……。今後、おまきを安静にさせるといっても、ここに寝かせておくわけにはいきやせんので、おまきをうちに連れて帰《けえ》ろうと思ってやす。鉄平さん、申し訳ねえが、大八車を貸してもらえないでしょうか」

「それは構わねえが、じゃ、素庵さまのところには……」

鉄平がおさわを窺う。

「そうだよね。とにかく、一度おまきさんを下高輪台に連れて帰って、素庵さまには往診を願うか、改めて、春次さんが診療所に連れて行くか……。どっちにしたって、暫《しばら》く様子を見ることだね……。このままうちにいてもらってもいいけど、それじゃ、おまきさんが気を遣《つか》うだろうし、子供たちのことが気になって、おちおち寝ていられないだろうからさ……。じゃ、あたしも下高輪台まで送って行くことにするよ。もう産褥は要《い》らないが、暫くは坐ったままの姿勢でいなくちゃならないからね。子供と男《おとこ》手《で》だけでは、どんな具合に蒲団を敷けばよいのか、それも解らないだろうからさ……」

「ああ、それがよい！　おまきさんにどんなものを食べさせればよいのかとか、春次さんに細々《こまごま》したことを教えてやっておくれよ……。いいね、くれぐれも言っておくが、家に戻ったからといって、動くんじゃないよ！　家のことは春次さんや娘にやらせればいいんだからね。春次さん、解ったかえ？　おまえさん、二度と女房を失いたくないだろ？　だったら、大事にしてやることだね」

おさきに釘《くぎ》を刺され、へっ……、と春次が肩を窄《つぼ》める。

「解ってやす。炊事や弟たちの世話は、お京にやらせやすんで……。いや、勿論、あっしも仕事の量を減《へ》らし、お京を助けてやるつもりなんで、ご安心を……」

「春次、心しておきな！　俺がちょくちょく覗きに行くからよ」

亀蔵がじろりと春次を睨《ね》めつける。

春次は蛇《へび》に睨《にら》まれた蛙《かえる》がごとく、へっ、と潮垂れた。


「まあ、そうだったのですか……。可哀相に、さぞやおまきが打ち拉《ひし》がれているのではありませんか？」

おまきが死産したことを亀蔵から聞いたおりきは、気遣わしそうに眉根を寄せた。

亀蔵が継煙管《つぎきせる》に甲州《こうしゅう》（煙草《たばこ》）を詰めながら、ふっと頬を弛める。

「それがよ、さすがに赤児《やや》が死んだと知ったときには、おまきも取り乱していたがよ……。それが、子供たちの顔を見た途端《とたん》に、嘆いてばかりいたんじゃ駄目だと悟ったみてェで、忽《たちま》ち、おっかさんの面差しに戻ってよ……。大《て》した女《え》ごよ、おまきは……。あそこまで気丈《きじよう》でいられるのも、おまきがこれまでさんざっぱら辛酸《しんさん》を嘗めてきたからなんだろうが、おまきの奴、言ってたぜ……。八月《やつき》という短い間だったが、身体の中に子を宿したという実感を存分に味わうことが出来たし、それこそ、岩田帯を巻いてからは、お腹の中で赤児《やや》が動く度《たび》に、母になれたという悦びをひしひしと感じることが出来た、生きて生まれてこなかったけど、考えてみれば、自分にはそれで充分だったのだ、だって、四人も子がいるんだもの、きっと、此度のことは、あの子たちを我が腹を痛めた子と思い、これからも大切にしていけということなんだと思うと……。俺ャ、あいつがそこまで達観《たつかん》してたのかと思うと、頭の下がるような想いでよ……。だが、そうは言っても、あいつの胸の内を覗いたわけじゃねえ……。案外《あんげえ》、失った子のことでくしくしとしていると、いつまで経《た》っても立ち直れねえと思い、敢えて、あして後ろを振り返らねえようにしているのかもしれねえからよ……」

亀蔵はそう言うと、煙管に火を点《つ》け、長々と煙を吐《は》き出した。

「きっと、そうなのでしょうね。それで、おまきの肥立《ひだ》ちはどうなのでしょう。もう素庵さまには診せたのですか？」

「ああ、あれから暫くして、春次が付き添《そ》い、おまきを四ツ手に乗せて診療所を訪ねたそうでよ」

「それで、素庵さまはなんと？」

「あのときのおさわの手当がよかったのか、大事ねえそうだ……。それに、おまきは幾富士のように病持《やまい》ちじゃねえし、根が丈夫なんだろうて、もう暫く養生すれば、元の身体に戻れるだろうと……。まっ、もう赤児《やや》は望めねえようだけどよ」

おりきはほっと眉を開いた。

岡崎《おかざき》にいた頃、おまきは奉公先の主人《あるじ》におさすり（表向きは下女、実は妾《めかけ》）同様の扱いを受け、三度も子堕ろしを強《し》いられた挙句《あげく》、幼馴染《おさななじみ》の悠治《ゆうじ》には金を奪われ立場茶屋おりきに置き去りにされているのである。

取り上げ婆からは二度と子は望めないと烙印《らくいん》を押されたというおまき……。

それが春次の後添いに入り思いがけずに懐妊したのであるが、そのときですら、四人も生《な》さぬ仲の子がいるというのに、自分が赤児《やや》を産んでもよいものだろうか、とおまきは胸を痛めていたのである。

そんなおまきの背中を押し、産むようにと勧めたのはおりきである。

「おまえ、まさか、莫迦なことを考えているのではないでしょうね？」

「………」

「駄目ですよ！　妙な気を起こしたら、わたくしが許しませんからね。恐らく、おまえは我が子が生まれたら、せっかく甘《うま》く回り始めた四人の子との間に、亀裂《きれつ》が生《しょう》じるのではないかと危惧《きぐ》しているのでしょうが、おまえはこれまで三度も中条流の手にかかっているのですよ！　今度そんなことをしたら、生命《いのち》の保証はないと思ってもよいでしょう……。そんなことになれば、再び、子供たちは母親を失うことになるのですよ！　それがどういうことか解っていますか？　亀裂が生じても繕《つくろ》うことが出来ますが、失ってしまうと、二度と元には戻らないのですからね……。わたくしね、今日、久方ぶりにお京ちゃんを見て、あの娘《こ》の顔から険《けん》が取れたように思いました。わたくしね、安堵いたしましたの……。長いこと肩肘《かたひじ》を張っていなければならなかったお京ちゃんが、やっと、十二歳の娘の面差しになれたのですもの……。これは、あの娘《こ》がおまきに心を許したということです。それなのに、再び、あの娘《こ》を暝《くら》い闇《やみ》の中に突き放すようなことをしてはなりません！」

「けど、あたしに赤児《やや》が生まれると知ったら、お京ちゃんがなんて思うか……。あたし、赤児《やや》を産んだからといって、決して、あの子たちを蔑《ないがし》ろにするつもりはないし、分け隔てもしません！　それは、はっきりと言い切れます。けど、お京ちゃんにはお廉《れん》さんに継子《ままこ》苛《いじ》めをされたという苦《にが》い思い出があります。あたしとお京ちゃんとはやっと心が通じ合えかけたばかりというのに、あたしが赤児《やや》を産むことにより、またもやお京ちゃんがあたしを警戒し、離れていってしまうのじゃないかと思って……。あ、ごめんなさい！　さっき、決して分け隔てをしないと言ったけど、あたしはそのつもりじゃなくても、何かの弾《はず》みで、つい、我が子を庇《かば》うようなことをしてしまうかもしれない……。絶対にしないという自信が持てないんです。だから、こんなあやふやな気持でいるのなら、いっそ、春次さんには赤児《やや》が出来たことを告げずに始末したほうがよいのじゃなかろうかと……。それで、おさだという中条流の産婆を訪ねたんだけど、門前を往《い》ったり来たりするばかりで、結句、中には入れずに戻って来てしまって……。岡崎にいた頃には、油屋《あぶらや》の旦那さんから有無《うむ》を言わせず子堕ろしを強いられたんだけど、自らの意思では、とてもその勇気が出なくって……」

「何が勇気ですか！　そんなものが勇気と言えますか……。本当の勇気とは、宿命《さだめ》に真《ま》っ向《こう》から向き合うことです。おまきが春次さんの子を宿したのは、天から授《さず》けられた宿命《さだめ》……。おまきのお腹の子は、四人の子の妹弟《きょうだい》なのですよ。あの子たちと血の繋《つな》がりのある子を、おまきは宿しているのですからね。ほら、これで、おまきもあの子たちと繋がったではないですか！　もっと自信を持つのですよ。それにね、お京ちゃんは賢い娘《こ》です。おまえとお廉さんとの違いは解っていることでしょう。案ずるより産むが易《やす》し……。当たって砕《くだ》けろともいいますでしょう？　宿命《さだめ》に逆らうことなく、真摯《しんし》に向き合うのですよ。いいですね？」

　あのとき、八文屋でおりきとおまきの間でそんな会話がなされたのである。

　聞くとはなしに、つい、立ち聞きをしてしまったこうめも、堪《こら》えきれずに部屋の中に飛び込んできて来て、おまきを励ました。

「あたしね、おまきさんの気持が解る……。あたしの場合は逆で、あたしが父親《てておや》の違う娘《こ》を産むことになったんだけど、我が子が生まれたらみずきを疎《うと》んじるのじゃなかろうかと思っていた鉄平が、案に反して、お初が生まれてからも、みずき、みずき、と相変わらず、みずきのことを贔屓《ひいき》にするじゃないか……。あたしが少しはお初のことも可愛がってやれと文句を言うと、しょうがねえだろ、お初よりみずきと暮らした月日のほうが長《なげ》ェんだから、と澄《す》ました顔《ひと》で言うんだよ……。あたし、涙が出るほど嬉しかった……。だって、お初とあの男《ひと》は放っておいても父娘《おやこ》だけど、みずきとあの男《ひと》は互いに父娘《おやこ》の情を育《はぐく》んでいかなきゃなんないんだもんね……。だから、おまきさん、お京ちゃんたちを筒一杯《つついっぱいいっぱい》慈しんでやるんだよ！　そうすれば、きっと子供は応えてくれる……。あたしさァ、親子の間柄《あいだがら》は、糸繰《いとく》りのようなものだと思ってさ……。一枚の着物《べべ》を作るには、繭《まゆ》や綿から糸を引きだし紡《つむ》いでやらなきゃなんないけど、大変な作業でさ……。けど、それを乗り越えなきゃ、よい着物《べべ》にはならない……。だからさ、血が繋がっていようといまいと、縁あって親子となったからには、きちんと着《べ》物《べ》に仕上げてやらなきゃ……。及ばずながら、あたしも力を貸すからさ！」

　こうして、おまきは赤児《やや》を産む決意をしたのであるが、まさかこんな結末を迎えようとは……。

が、唯一《ゆいいつ》の救いは、おまきがそれにめげていないということ……。

そして、幸いにも、早産が病に結びつかなかったことが何よりだった。

「それで、現在《いま》、春次さんの家では誰が家事を熟《こな》しているのですか？」

おりきが訊ねると、亀蔵が仕こなし振りに、人差し指を横に振った。

「それがよ……」

亀蔵のその思わせぶりな仕種《しぐさ》に、おりきはえっと首を傾げた。

「あの我勢者《がせいもの》のおまきのことだ。安静にしていろと言われても、家に戻ったら最後、少しもじっとしていられなくて、てめえの身体のことなんて顧《かえり》みることなく、家事や子供の世話に明け暮れてるんじゃねえかと気が気じゃなくてよ……。それで、毎日のように春次の家を覗いてたんだが、おい、案じることはなかったぜ！　お京がまるでおまきに取って代わったかのように、いそいそと立ち働いていてよ……。まっ、お京はおまきが春次の後添いに入るまで、家のことから弟たちの世話まで、何もかもを一人で熟してたんだからよ。昔取った杵柄《きねづか》とばかりに、平然とした顔をして、なんと、おまきの世話までやってるじゃねえか……」

おりきが驚いたように目を瞬《しばたた》く。

「けれども、お京ちゃんには手習指南所が……」

「それよ、問題なのは……。春次から聞いたんだが、おまきはお京に、頼むから手習指南所や絵の稽古に通ってくれ、と懇願《こんがん》したそうだ」

「えっ、絵の稽古とは……」

お京が絵の稽古に通っているとは、おりきには初耳である。

「それがよ、一月《ひとつき》ほど前から江戸琳派の河北臨斎の許に稽古に通っているというのよ」

「まあ、そうだったのですか……。でも、また何ゆえ、お京ちゃんが絵を……」

「春次もおまきもお京が絵に関心を持っているとは知らなかったそうでよ……。ただ、あの年頃の娘が琴《こ》や三味線、お茶、活花といった習い事に通っているのを知り、おまきがお京にやりたいことをやらせてやるので、何を習いたいのかと訊ねたそうでよ。するてェと、驚いたことに、お京が絵を習いたいと打ち明けたというのよ……。無論《むろん》、春次は女ごが絵なんて……、と異を唱《とな》えた。ところが、おまきが葛飾北斎の娘の応為を例に挙《あ》げ、女ごだって立派に絵師を務められる、先々、お京が絵師にならなかったとしても、自分は絵を習いたいというその気持を大切にしてやりたい、とお京の肩を持ったそうでよ……。おまきにしてみれば、おっかさんとして理解のあるところを見せたかったのだろうし、女ごでも手業《てわざ》を身につけておけば、先々、何があろうとも動じることなく立行《たちいき》していけると思ったんだろうて……」

まあ……、とおりきが目を輝かせる。

国許《くにもと》にいた頃、おりきは尾道《おのみち》の浄土寺《じょうどじ》に納《おさ》められた平田玉蘊《ひらたぎょくうん》の衝立《ついたて》「軍鶏図《しゃもず》」を目にし、稲妻《いなずま》にでも打たれたかのような衝撃を覚えたことを思い出した。

岩上に佇《たたず》み、虚空《こくう》を振り仰《あお》ぐ軍鶏の姿……。

背景は華《はな》やかな金箔《きんぱく》なのだが、硬い岩に爪《つめ》を立て、懸命《けんめい》に身体を支えるその姿に、おりきは軍鶏の哀《かな》しみや、逆風にもめげない逞《たくま》しささえ覚えた。

女ごにも、こんな心の叫びが描《えが》けるのだ……。

おりきは感動のあまり、思わず涙したように思う。

女絵師は玉縕ばかりではない。

古くは、清原雪信《きよはらゆきのぶ》、山崎龍女《やまざきりゅうじょ》、池玉瀾《いけのぎょくらん》、谷幹々《たにかんかん》……、また玉蘊と同時期に江馬細香《えまさいこう》、片山九畹《かたやまきゅうえん》が……。

その世界に、お京が憧憬《しょうけい》の目を向けているとは……。

「わたくしはおまきに賛同しますよ。では、春次さんも納得されたのですね？」

「ああ、どうせすぐに飽《あ》きてしまうとでも思ったんだろうて……。ところが、これが飽きるどころか、通い始めてみると、人が変わったみてェにお京が活き活きとしてよ……。まっ、手先の器用な春次の娘だ。生まれ持った才が開花したと思ってもいいだろう」

「でも、それでしたら尚更《なおさら》、手習指南所もお稽古も休めないでしょうに……」

「それがよ、お京が春次とおまきの前で頭を下げたというのよ……。手習指南所はおっかさんが動けるようになるまで休ませてほしい、その代わり、家のことや太助の世話は自分がする、但《ただ》し、七ツから六ツ半（午後七時）までの間は、豊岡町に行かせてほしい、夕餉《ゆうげ》の仕度《したく》はそれまでに済ませておくので、自分が留守をしている一刻半《いっときはん》(三時間)ほどをおとっつァんに頼みたい、太助から目を離さないことと、弟やおっかさんに夕餉を食べさせるだけなんだから、そのくらいなら、おとっつァんにも出来るだろう……と。そんなことを言われてみな？　春次も嫌とは言えねえからよ……。それで、お京がお師《し》さんの家に行って留守の間、春次がおまきや太助の世話をしているってわけなのよ」

おりきが目をまじくじさせる。

位牌《いはい》作りに没頭《ぼっとう》するあまり、これまで、子供たちに一切《いっさい》の関心を払おうとしなかった、あの春次が……。

おりきは春次が子供たちにご飯《はん》を装《よそ》ってやる姿を頭に描き、くすりと肩を揺らした。

「でも、よく春次さんが承知なさいましたね」

「承知するよりしょうがねえだろうよ。断りゃ、おまきが動くだろうし、春次はこれまでに二人も女房に死なれ、もう一人には乳飲《ちの》み子を置いて逃げられてるんだ……。今度、おまきに万が一ってことがあったら、あいつは天を呪《のろ》うしかねえんだからよ！　しかも、此度は俺やおさわが目を光らせているからよ……。おさわも八文屋の仕事の合間を縫《ぬ》って、時折、おまきの様子を見に行ってるらしいから、下手《へた》なことは出来ねえ……」

おりきの胸に熱いものが込み上げてくる。

「わたくし、お京ちゃんには胸を打たれましたわ……。此の中、おまきとの間がしっくりいくようになってきたことは知っていましたが、そこまで尽くしてくれるとはね……」

亀蔵も頷く。

「ああ、おまきも涙ながらに言ってたぜ……。おまきがお京に手習指南所を休ませることになって済まないと言うと、お京の奴、おっかさん、ごめんね、あたしはおっかさんのお腹に赤児《やや》がいると知っても、本当はちっとも嬉しくなかった、それどころか、生まれてこなければいいのに、とそればかり願ってたんだ……、まさか、本当に赤児《やや》が死んじまうなんて……、きっと、赤児《やや》が死んだのはあたしが邪《よこしま》な気持を持っていたからなんだ……、ごめんなさい……、とそう言い、泣きじゃくったというのよ……。おまきが、そうではない、赤児《やや》が死んだのはお京ちゃんのせいじゃない、あの子はこの世では生きていけない宿命《さだめ》にあったのだから気にしなくていい、と言うと、あたしが莫迦だった、生きていれば、たった一人の妹なんだから可愛がってやれたのに……、とオイオイ、オイオイ、声を上げて泣いたというのよ……」

おりきが辛そうに眉根を寄せる。

きっと、赤児《やや》が生まれてこなければよいと思ったのは、お京の本心なのであろう。

お京には弟たちがお廉に継子苛めされたという苦い思い出が、未《いま》だ、根強く残っているに違いない。

理屈ではおまきはお廉とは違うと解っていても、おまきも子を産めば、いつ何時《なんどき》、豹変《ひょうへん》するやもしれない……。

そんな不安が、赤児《やや》が生まれてこないように、とお京に願わせたのであろう。

「けどよ、俺ャ、思うのよ……。お京がそんなふうに思ったとしても、決して責められねえと……。だってそうだろう？　お京にそんなふうに思わせたということは、お廉の仕打ちが十歳になるやならねえ娘《こ》をそれだけ疵《きず》つけたってことでよ……。おまきの奴、それが解っているもんだから、お京を抱き締めてよ。お京ちゃん、おまえたち四人はあたしの子、誰がなんと言おうと、あたしの子なんだからね……、とそう呟いたそうでよ。それを見ていた春次が男泣きに泣いてよ……。済まなかった、お京をそんな気持に追い込んだのは、みんな俺が不甲斐《ふげえ》ねえせいだ、おとっつァんは生まれ変わる、これからは、おめえたち一人一人に真正面《ましょうめん》からぶつかっていくからよ、と誓ったというのよ。まっ、言ってみれば、こりゃ、あれだな……。雨降って地固まる……。

こうして、一つ一つ難局《なんきよく》を乗り越えてこそ、あいつら、本物の親姉弟《おやきようでえ》になれるんだからよ」

「そうですね。本当に、そう思います。では、明日にでも、わたくしも下高輪台を訪ねてみることにしますわ」

「おう、そうしてやってくんな。おまきも悦ぶだろうからよ」

「おまきは産後で食べるものに禁忌《きんき》があるのでしょうが、春次さんや子供たちは、お京ちゃんが作るお菜《さい》だけでは物足りないでしょうから、榛名《はるな》に言って、何か子供たちの悦びそうな弁当を作ってもらい持参しましょう」

「海苔《のり》巻《まき》とか玉子《たまご》焼《やき》か……。おっ、そいつァいいや！　俺も馳走《ごち》になりてェくれェだぜ」

「どうぞ、ご遠慮なく……。そうなさって下さいな」

「止《よ》せやい！　参ったな……。てんごう言ってみただけのことで、俺が同席したんじゃ、おめえもおまきも忌憚《きたん》のねえ話が出来ねえだろうが……」

「はい、仰《おお》せの通りで！」

「おっ、言ってくれるじゃねえか！」

おりきと亀蔵は顔を見合わせ、やれ、と互いに肩息を吐いた。

おまきの身体がまだ案じられるといっても、これでやっと、春次一家に明るい陽射《ひざ》しが射《さ》し込んだかのように思い、思わず安堵の息を吐いたのである。

翌日、おりきは泊《と》まり客を送り出し、下高輪台へと四ツ手を駆った。

現在《いま》の時刻を選んだのは、正午、中食《ちゅうじき》を摂《と》りに手習指南所から戻って来る子供たちに、榛名の作った弁当を食べさせたかったからである。

榛名には昨日のうちにその旨《むね》を伝え、子供が悦びそうな弁当を拵《こしら》えてもらったのだが、おりきは重箱《じゅうばこ》の中に何が詰まっているのかまだ知らない。

が、三段重《さんだんじゅう》にはずっしりとした手応《てごた》えがあり、それだけで、どこかしら榛名の心意気が伝わってくるように思えた。

おまきの見舞いに、と言っても、現在《いま》おまきは粥《かゆ》や鰹節《かつおぶし》、梅干《うめぼし》といったものしか口に出来ないので、春次や子供たちのために腕に縒《よ》りをかけて弁当を作って下さいな……、とおりきから言われた榛名は、当惑《とうわく》したように目を瞬いた。

「本当に、あたしが作ってもいいのですか？　板頭を出し抜いて、あたしがそんなことをしたのでは、申し訳なくて……」

「いいのですよ。前もって判っていたというのであればともかく、巳之吉は今宵の夕《ゆう》餉膳《げぜん》のことで手一杯ですからね……。此度はあまりにも急なことで頼めません。それに、お袋《ふくろ》の味を感じさせる、そんな弁当のほうがよいのではと思いましてね……。ですから、おまえの作りたい弁当を作ってみるとよいですよ。何か要るものがあれば、板場にある材料をなんなりと使って構いません。但し、板頭に断りを入れることを忘れないで下さいね」

おりきがそう言うと、榛名は緊張して頰を強張らせた。

「なんですよ！　鯱張《しやちこば》って……。大丈夫ですよ。食べるのは、春次さんや子供たちなのですもの……」

「解りました」

榛名はそう言い下がって行ったが、どうやら、昨夜は献立《こんだて》のことをあれこれと考え、あまりよく眠れなかったとみえる。

榛名は五ツ半（午前九時）頃、腫《は》れぼったい目をして、帳場に弁当を届けに来た。

「中をごらんになりますか？」

おりきはふわりとした笑みを返した。

「いえ、今、見るのは止しておきましょう。おまきの家で子供たちと一緒に、さあ、何が出て来るのかしら、と胸をときめかせながら蓋《ふた》を取ることにします」

そう言いながら随分《ずいぶん》と意地の悪いことを……と思ったが、別に他意《たい》があるわけではなかった。

おりきは子供たちと一緒に、あのわくわくとした思いを味わいたいと思っただけなのであるから……。

「へい、着きやしたぜ！」

六尺《ろくしやく》（駕籠舁《かごか》き）の八造《はちぞう》が声をかけ、簾《すだれ》を上げる。

「ご苦労でしたね。八ツ（午後二時）前に迎えに来て下さると助かりますが……」

「へっ、ようがす！　参りやしょう」

おりきは駕籠賃《かごちん》の他に酒手《さかて》を弾むと、春次の家に降り立った。

気配《けはい》を聞きつけ、お京が表に飛び出して来る。

「あっ、女将さん！」

「あら、お京ちゃん……。今日はね、皆さんにお弁当の差し入れに来ましたのよ。幸助ちゃんたちは手習塾に行っているのでしょう？」

「うん。でも、お昼には戻って来るよ」

「そう思って、中食に間に合うように来ましたのよ。おっかさんは？　休んでいるのでしょうね」

「うん。おっかさんね、あたしが目を光らせていないと、すぐに動こうとするんだもの……。だから、目が離せないの」

おやおや、これではどちらが親だか子だか判らないではないか……。

「そう、それでお京ちゃんがおっかさんに代わって、何もかもをやっているのね……。偉いわ！　女将さん、感心しましたよ。それで、せめて、今日の中食くらいはお京ちゃんに寛《くつろ》いでもらおうと思って、ほら、こうしてお弁当を差し入れに……。あら、重いですよ。大丈夫？　一人で持てるかしら……」

「大丈夫だよ、このくらい。さっ、女将さん、中にどうぞ！」

お京がおりきから風呂敷包《ふろしきづつ》みを受け取り、仕舞《しも》た屋の中に入って行く。

「おとっつァん、おっかさん、立場茶屋おりきの女将さんだよ！」

お京の声に、仕事場から春次が慌てて出て来る。

「これは、女将さん……。お忙しいのに、よくぞお越しで……。さっ、どうぞ上がって下せえ。おまき、女将さんが来て下さったぞ！」

春次が食間を振り返る。

おまきは食間の隅《すみ》に堆《うずたか》く積み上げられた蒲団に、寄りかかるようにして坐っていた。子を産んだばかりの女ごは、こうして出産後二廻《ふたまわ》り（二週間）から三廻《みまわ》り（三週間）の間、坐ったままでいなければならないのである。

「女将さん……」

おまきはおりきの顔を見ると、感激のあまり言葉を失った。

「おまき、大変でしたね……。でも、思っていたより顔色もよいし、どうやら順調な肥立ちのようですね」

おりきがおまきの傍に寄って行き、手を握る。

おまきはうんうんと頷き、女将さん、あたし、丈夫な子を産むことが出来なかった……、と声を顫わせる。

「いいのですよ。おまえさえ息災《そくさい》でいてくれれば……」

「はい。あたし、もう失った子のことは考えないことにしました。あたしには四人も子がいるのですもの、これ以上望んでは罰《ばち》が当たる……。だから、赤児《やや》が天に召されたのだと、そんなふうに思うことにしました。あたし、これまで以上に、四人の子を慈しみます。それが、あたしに与えられた使命だと思って……」

おまきがおりきの目を瞠《みつ》める。

おまきの目には翳《かげ》りがなかった。

おりきはと胸を突かれた。

なんと、これほどまでに、赤児《やや》のことが吹っ切れているとは……。

強がっているのではないということは、おまきの目の輝きではっきりと解った。

次々と襲いかかる苦難を潜《くぐ》り抜け、そのことにより、おまきは過去を振り返ることなく、前向きに生きていく術《すべ》を身につけたに違いない。

「お茶をどうぞ！」

お京が盆に湯呑を載《の》せて、寝床の傍に寄って来る。

「有難うね。お京ちゃん、女将さんね、安心しましたよ……。そうして、お京ちゃんがおっかさんの手脚《てあし》となって動いてくれているのですもの、心強いことこのうえありません。きっと、おっかさんも胸の内でお京ちゃんに手を合わせていることでしょうよ」

おりきがそう言うと、おまきも頷く。

「この娘《こ》がいてくれて、あたしがどれだけ助かったか……。何しろ、いちいち指図《さしず》しなくても、痒《かゆ》いところに手が届くかのようにてきぱきと動いてくれるのですもの……。お京ちゃん、本当に有難うね」

お京は照れ臭《くさ》そうに俯《うつむ》き、こんなのなんてことないさ……、と呟いた。

「だって、あたし、おっかさんがここに来るまで、何から何まで一人でやってたんだよ……。あの頃は太助がまだ小さくてもっと手がかかったから、それを思うと、現在《いま》のほうがずっと楽……」

「お京ちゃん、手習塾を休ませることになって済まなかったね。おっかさん、そのことが気になって……」

おまきが気を兼ねたように、お京を見る。

「平気だよ。二廻りほど休んだって、そんなのすぐに取り返せるからさ！　あたしは絵の稽古に通わせてくれるだけで、満足なんだから……」

「そうなのですってね？　女将さん、お京ちゃんが絵に関心を持っていたとは知らなかったものだから、驚きましたよ……。いつ頃から、絵を学びたいと思うようになったの？」

おりきがそう言うと、お京は珍しくすいいいいじりもじりしながら、鼠鳴《ねずみな》きするような声で呟いた。

「先《せん》にね、砂絵《すなえ》を描《か》く大道芸人がいて、上手《うま》いこと描くなァ……、と感心して見たことがあるんだけど、初めてあすなろ園に行ったとき、壁に雛《ひな》の絵が飾ってあってさ……。誰が描いたのかと貞乃《さだの》先生に訊《き》いたら、前に立場茶屋おりきで下足番見習《げそくばんみならい》をしていた三吉《さんきち》って子が描いたと教えてくれたの……。そのとき、あたしがあんましその絵に見入ってたもんだから、おいねちゃんやみずきちゃんが三吉って男《ひと》のことを教えてくれたの。あたしね、耳が聞こえないのに、自分の進むべき道はこれだと、三吉さんが絵の道に飛び込んでいったと聞いて、胸がどきどきしちゃって……。そのとき、思ったの。あたしがこんなに砂絵や三吉さんの絵に惹《ひ》かれるのは、もしかすると、あたしも絵を描いてみたいのじゃなかろうかって……。それから、手習塾に通うようになって、袋物屋《ふくろものや》の文緒《ふみお》ちゃんちに遊びに行ったとき、客間の床の間に誰の絵だか判らないんだけど、墨《すみ》の濃淡《のうたん》で描いた……」

お京が言葉に詰まったのを見て、おりきが、文人画《ぶんじんが》ですね？　と助け船を出す。

お京はこくりと頷いた。

「雪の積もった木の枝に鳥が二羽止まっているの……。きっと烏《からす》だったんだろうけど、白と黒だけでこんなにまで見事に雪景色《ゆきげしき》が描けるのかと思ったら、あたし、ますます絵を描いてみたくなって……」

「それで、おっかさんから何か習い事をしてみたらと勧められ、迷わず、絵を習いたいと言ったのね？」

「うん」

「女将さん、お京ちゃんって偉いでしょう？　まだ十二歳だというのに、自分の進みたい道が見つけられるなんて……。そう言えば、三吉さんが京の加賀山竹米《かがやまちくべい》さまの許に修業に上がったのも十五のとき……。あたしね、先々、お京ちゃんが絵の道で生きていかなかったとしても、習い事として、絵を学ぶことは決して無駄にはならないと思っています。うちの男《ひと》は、女ごが絵なんて……、と当初は渋顔《しぶがお》をしていましたがね……。ところが蓋を開けてみると、お京ちゃんがあんまし活き活きとした顔をして臨斎さまのところに通うものだから、現在《いま》では、お京には持って生まれた絵師の資質《ししつ》があるのかもしれねえって……。現金といえば、あまりにも現金ですよねえ？」

おまきがそう言うと、計《はか》ったように春次が食間に入って来た。

「おっ、今、俺の悪口を言ったな！」

「ええ、言いましたよ。それがどうかしまして？」

おまきも負けていない。

おりきの見るところ、春次とおまきはもうしっかりと夫婦《めおと》の絆《きずな》で結ばれているようである。

「お京、俺にも茶をくんな」

「はい」

お京がいそいそと長火鉢《ながひばち》の傍に寄って行く。

「親分からお京ちゃんが絵の稽古に通い始めたと聞いたものですから、河北臨斎という絵師のことを少し調べてみましたのよ。そうしたら、なんと、鈴木其一《すずききいつ》の弟子だというではありませんか！」

おりきがそう言うと、春次が、鈴木其一とは？　とたたみかける。

「江戸琳派の第一人者《だいいちにんしゃ》といわれるお人です。叙情的《じょじょうてき》になりすぎることなく、雨や空気、光といったものを巧みに描く絵師とのことです。その方の弟子というのですから、河北臨斎という絵師も師匠譲りの絵を描かれるのではないかと思いますよ」

「おっ、お京、そうなのか？」

春次がお京に声をかける。

お京はお茶を運んで来ながら、首を傾げた。

「あたしにはまだ解んない……。けど、お師さんの絵は好きだよ」

「なんと埒口《らちぐち》もねえ！　こいつ、まだなんにも解ってねえとくる……」

春次が呆れ返ったようにちょうらかすと、おりきが慌てて割って入る。

「あら、お京ちゃんはまだやっと門戸《もんこ》の下に立ったばかりですもの……。これから門戸を潜り、少しずつ、少しずつ絵のことが解っていくようになり、上手くなっていくのですものね？　春次さん、お京ちゃんの志《こころざし》を削《そ》ぐようなことを言うものではありませんよ」

おりきにめっと睨めつけられ、春次はバツの悪そうな顔をして、首を竦めた。

手習指南所に行っていた幸助と和助が戻って来て、おりきを交えて中食ということになった。

「じゃ、いいね。蓋を取るからね！」

お京が弟たちを見廻し、徐《おもむろ》に重箱の蓋を取る。

「うわァ！」

「なんだ、なんだ、このご馳走《ちそう》は！」

幸助と和助が歓声を上げると、太助も、わァい！　と手を叩《たた》く。

「なんと、これは豪華版《ごうかばん》じゃねえか！　食べちまうのが勿体《もってえ》ねえくれェだぜ」

春次も目をまじくじさせている。

正な話、おりきも驚いた。

榛名には作りたいものを作ってよいと言っておいたが、まさか、ここまで華やかな弁当を作るとは……。

三段重の一番上の段には、玉子焼、車海老《くるまえび》の雲丹焼《うにやき》、鰆《さわら》の味噌漬焼《みそづけやき》、椎茸《しいたけ》の含め煮、茶巾湯葉《ちゃきんゆば》の揚煮《あげに》、春菊《しゅんぎく》のお浸《ひた》し、薑《はじかみ》などが……。

そして二段目が、海苔巻、稲荷寿司《いなりずし》、鮭《さけ》や鯛《たい》、海老の手毬寿司《てまりずし》。

三段目は重箱一杯にちらし寿司が……。

具沢山《ぐだくさん》のちらし寿司の上に、錦糸玉子《きんしたまご》、海老粉《えびこ》が散らしてあり、そのところどころに木の芽と紅生姜《べにしょうが》を飾りつけてあるのである。

見た目にも豪華であれば、何より、子供たちの好きそうなものばかりである。

仮に、これを巳之吉に作らせたとすれば、三段重の二段までを色とりどりのお菜にして、ご飯物《はんもの》は一段にしたに違いない。

ところが、榛名は子供を意識して、海苔巻寿司、稲荷寿司、手毬寿司、ちらし寿司と、寿司で違いを見せたのである。

おりきの反応を見て、春次がとほんとする。

「えっ、その様子じゃ、女将さんも中身を知らなかったってこと……」

「ええ、子供たちと一緒に蓋を取るときの醍醐味《だいごみ》を味わいたいと思いましてね……。実は、これは榛名に作らせたのですが、おまえの作りたいものを作ってごらんと言っておいたところ、まさか、このような寿司尽くしだとは……」

「おいら、寿司でいいよ！　これも、これも、これも……、全部食いてェ！」

「おいらも！」

「おいらも！」

幸助に続き、和助と太助が拳《こぶし》を突き上げる。

「解った、解ったからさ！　今、小皿に取り分けてやるからさ」

お京が小皿に寿司を取り分けていく。

おりきは春次の皿に玉子焼や鰆の味噌漬焼、含め椎茸、車海老の雲丹焼などを取り分けてやると、おまきのほうをちらと見た。

おまきにはお京が作った白粥《しらがゆ》と梅干、鰹節が用意されているが、如何《いか》になんでも、これだけでは可哀相である。

「おまきも少し頂《いただ》いてみますか？　玉子焼とか椎茸といったものなら、身体に障《さわ》らないでしょうから……」

が、おまきは首を振った。

「いえ、あたしはこれでいいんです。子供たちが美味《おい》しそうに食べる姿を見るのが、あたしには何よりのご馳走なので……。それに、もう暫くの辛抱ですもの、先人《せんじん》が禁忌としたのにはそれなりの理由があるのでしょうから、あたし、従います」

「そう……。おまえがそう言うのならね。では、こうしませんか？　床上げをしたら、わたくしに祝わせて下さいな。そのときは、巳之吉に言って、うんと美味しいものを作ってもらいましょうね」

「ええ、悦んで……。わっ、愉《たの》しみだな！　板頭の料理が頂けるなんて、何年ぶりのことだろう……」

おまきが懐かしそうに目を細める。

確か、おまきが巳之吉の料理を味わったのは、立場茶屋おりきから旅立ち、下高輪台の春次の家に入る前の晩のことだったように思う。

巳之吉がおまきのために、客用の会席膳《かいせきぜん》とほぼ同じ料理を作ってくれたのである。

おまきは感激に目を潤《うる》ませた。

「これが板頭の会席なんですね。板頭の料理はこれまで弁当しか食べたことがなかったけど、会席が頂けるなんて……。けど、本当に、あたしが頂いていいのでしょうか？　なんだか勿体なくて……」

「巳之吉のおまきへの餞《はなむけ》です。遠慮しないでお上がりなさい」

達吉もおまきの緊張を解《ほぐ》そうと、ちょっくら返した。

「そうでェ、遠慮することァねえんだ。おめえもこれまで立場茶屋おりきで我勢してきたんだもんな。思い出を持って旅立っていくといい。俺もよ、おめえのお陰で思いがけず相伴《しょうばん》に与《あずか》ることになり、極上上吉《ごくじょうじょうきち》ってなもんでよ！」

おまきは怖《お》ず怖ずと白魚《しらうお》の蕎麦粉《そばこ》揚《あげ》に箸《はし》を出した。

「なんて芳《こう》ばしい……。カリッと揚《あ》がっていて、これって小麦粉ではなく蕎麦粉なんですよね？」

白魚を口に含んだおまきの顔が輝いた。

「これで驚くこたァねえ。次から次へと出てくるからよ！」

達吉の言葉通り、続いて、おうめが向付《むこうづけ》と椀物《わんもの》を運んで来た。

おうめはおまきの膳《ぜん》に楽焼花形向付鉢《らくやきはながたむこうづけばち》を置くと、

「おまき、ご苦労さん。これまで茶屋のためによく尽力《じんりょく》してくれたね。おまえがいなくなると寂《さみ》しいけど、新たなる門出《かどで》なんだもんね。何があっても挫《くじ》けるんじゃないよ！　立場茶屋おりきの仲間がついてるからさ」

と耳許で囁いた。

おまきの目に涙が盛り上がった。

「お世話になりました。皆さんのことは絶対に忘れません」

「莫迦だね……。門出に涙は禁物《きんもつ》だ。それにさ、皆さんのことは忘れないなんて、二度と逢えないようなことを言うもんじゃないよ！　下高輪台なんて目と鼻の先じゃないか。これからもちょくちょく遊びに来ればいいんだからさ」

「おうめ、安心なさい。おまきは子供たちを連れて、時々あすなろ園に遊びに来るそうです。ねっ、そうですよね？」

おりきもそう言った。

そうして、おまきが次々に出てくる巳之吉の料理に舌鼓《したつづみ》を打ち、最後の鮎飯《あゆめし》の土鍋《どなべ》仕立《じた》てが出て来たときのことだった。

巳之吉が挨拶《あいさつ》にやって来たのである。

「急なご用命でこんなものしか出来やせんでしたが、お口にあったかどうか……」

「充分ですよ。ねっ、おまき、何もかも美味しく頂きましたよね？」

おりきがそう言うと、おまきは挙措《きょそ》を失い、、、、すじりもじりとした。

「はい。あたしのために申し訳ありませんでした。一生の思い出となります。あたし……、あたし……、今宵のことは生涯忘れません」

おまきは項垂《うなだ》れ、上目に巳之吉を窺った。

その刹那、おりきは一時期おまきが巳之吉に好意を寄せていたことを思い出したのである。

それはごく淡《あわ》い想いで、どうやら巳之吉には通じなかったようだが、おりきも中庭を挟んで茶屋のほうから旅籠を窺うおまきの姿を何度か目にしたことがあった。

おうめから聞いた話では、おまきは巳之吉がおりきに想いを寄せていることを知り、高嶺《たかね》の花と諦《あきら》めたのだという。

考えてみれば、おまきほど片惚《かたほ》れしては疵ついてきた女ごはいないだろう。

十六歳のときに奉公に上がった小間物屋の主人《あるじ》におさすり同然に弄《もてあそ》ばれ、駆け落ちした幼馴染の悠治には金を奪われ、挙句、立場茶屋おりきに置き去りにされたおまき……。

茶立女《ちゃたておんな》として働くようになってからも、幾《いく》たび、男に淡い想いを寄せては裏切られたことだろう。

飯盛女《めしもりおんな》を足抜けさせようとした治平《じへい》、長患いの妻女や息子を手にかけ、自害してしまった浪人の柳原嘉門《やなぎはらかもん》……。

そして、なんと巳之吉にまで……。

それぱかりではない。

　これはおりきの推測にすぎないのだが、一時期、茶屋の板頭弥次郎《やじろう》にも想いを寄せていた節《ふし》が……。

　そんなおまきであるから、四人の子持ちの春次の許に身を寄せると決めた晩に、巳之吉に餞の祝膳《いわいぜん》を馳走され、その胸中《きょうちゅう》は如何ばかりだったであろう……。

　ところが、巳之吉はおまきやおりきの胸に過ぎった想いに気づきもせず、爽《さわ》やかな声を放った。

「おまき、幸せになるんだぜ。立場茶屋おりきはおめえの実家《さと》なんだからよ。皆に逢いたくなったらいつでも帰《けえ》って来な！」

　おまきはこくりと頷いた。

「はい。今宵は本当に有難《ありがと》うございました」

「じゃ、あっしはこれで……」

　巳之吉はそう言うと、おまきの気持に気づきもせず、あっさりと帳場を出て行った。

　あれから二年半……。

　おまきは春次と正式に所帯を持ち、生さぬ仲の四人の子に振り回されながらも次第
に絆を深めていったが、春次との間に授かった赤児《やや》を死産……。

が、おまきは確実に、一歩、また一歩と、前を向いて歩みつつあるのである。

それが証拠に、美味そうに馳走をつつく子供たちに向ける、おまきの嬉しそうな目……。

いえ、あたしはこれでいいんです。子供たちが美味しそうに食べる姿を見るのが、あたしには何よりのご馳走なので……。

おまきはもうすっかり四人の子の母なのである。

失った子に未練がないといえば嘘《うそ》になるだろうが、おまきはきっとその子の分まで、四人の子を慈しんでやろうと思っているに違いない。

おりきは心から安堵の息を吐いた。

おまき、おまえはもう大丈夫ですよ……。

おりきは胸の内で小さく呟いた。

八ツ近くになり、八造が訪《おとな》いを入れる声が聞こえてきた。

「迎えが来たようですわ。では、わたくしはこれでお暇《いとま》しますね。おまき、くれぐれも身体を大事にするのですよ。お京ちゃん、おっかさんのことを頼みましたよ！」

おりきがお京の手を握り、ゆさゆさと揺すると、お京は、はい、と澄んだ声で答えた。

「ご苦労さま。では、旅籠に戻って下さいな」

おりきは八造に声をかけ、四ツ手に乗ろうとして、おやっと目を瞬いた。

八造の髷《まげ》で、枯葉が揺れているではないか……。

「八造さん、頭に落ち葉が……」

おりきが手を伸ばし、八造の髷から枯葉を取ってやる。

「ああ、済みやせん……。今し方、柿紅葉《かきもみじ》の下を通って来やしたんで……」

八造が恐縮して首を竦める。

残る秋……。

おりきはそこに人の世の移《うつ》ろいを見たように思った。

巳待ち

おりきが妙国寺《みょうこくじ》の参詣《さんけい》を済ませて街道まで下りて来ると、前方から歩いて来た女ご《おなご》がぎくりと脚《あし》を止め、信じられないといった面差《おもざ》しで首を傾《かし》げた。

おりきには見覚えのない女ごだが、竹製の編笠《あみがさ》を被《かぶ》り、帷子《かたびら》に黒帯《くろおび》を前で締《し》め、白《しろ》足袋《たび》といった出《い》で立ちはどうやら降巫《いちこ》のように思えるが、片手に梓弓《あずさゆみ》を持っているところを見ると、では、梓巫女《あずさみこ》であろうか……。

「あのう……、どうやらしいこと（口幅《くちはば》ったいこと）を言わせてもらうけんど、おめえさ、迷っていることがあるのなら、止《よ》したほうがいい……」

女ごはおりきの傍《そば》に寄って来ると思わせぶりにそう呟《つぶや》き、おりきの顔をしげしげと瞠《みつ》めた。

いきなりのことで、えっ……、とおりきは息を呑《の》んだ。

「おめえの後《うし》ろにいる女《ひと》がそう言っとりんさるけ……」

おりきははっと背後を振り返った。

誰もいない……。

「何をおっしゃっているのか、わたくしには皆目解《かいもくわか》りませんが……」

「もっと訊《き》きてェか？　訊きてェのなら、これから口寄《くちよ》せしてやってもいいが……」

成程《なるほど》、魂呼《たまよ》びをしようというのである。

おりきは慌てて片手を振った。

「いえ、それには及びませんので、失礼いたします」

「金か？　金のことなら心配しなくていい」

「申し訳ありません。先を急ぎますので……」

おりきは腰を折ると、門前町《もんぜんちょう》のほうに歩いて行った。

その背に、女ごがたたみかける。

「はれ、やくたいもない（まあ、しょうがない）！　おめえが胸の内で問《と》いかけたことに応《こた》えてやろうというのによ！　けど、これだけは言っとくよ。おめえさまには弁天《べんてん》さまがついていなさるからよ！　その女《ひと》が言っていなさるんだ。真《ま》っ直《す》ぐに我が道を進めと……」

おりきは振り返ろうともせずに、脚を速めた。

わたくしが胸の内で問いかけたことといえば……。

弁天さまがついているとは、一体なんのことなのであろう。

咄嗟《とっさ》にそんな思いが頭の中を駆け抜けたが、次の瞬間、おりきはあっと思い当たった。

たった今、おりきは先代女将《おかみ》の墓に詣《まい》ってきたばかりなのである。

その折、確かに、おりきは胸の内で先代女将に問いかけた。

「女将さん、現在《いま》わたくしは迷っています。このまま誰とも添《そ》わずに女将として生きていくべきか、それとも、巳之吉《みのきち》と所帯を持ち、二人して立場茶屋《たてばぢゃや》おりきを守《も》り立てていくべきかどうかと……。どちらにしても巳之吉は立場茶屋おりきに、いえ、わたくしにとってはいなくてはならない男《ひと》なのですが、気懸《きが》かりなのは店衆《たなし》のことで、口には出さずとも、二人が夫婦《めおと》になることを店衆がどのように思うのか、それが案じられてなりません……。何より、巳之吉に対する店衆の目が気になります。これまで板頭《いたがしら》と思っていた者が、わたくしと所帯を持つことで今後は御亭《ごてい》となるわけで、そうなると、巳之吉も店衆もやりづらいのではないかと……。これは大番頭から聞いたのですが、女将さんは生前、兆治《ちょうじ》さんがあんな非業《ひごう》な死を遂《と》げることになったからこそ門前町に立場茶屋おりきを出す気になった、以来、ただただ海蔵寺《かいぞうじ》に眠る兆治さんに見守ってもらいたいとの想《おも》いで我勢《がせい》してきたのだが、仮に、あの忌《い》まわしきことが起きずに二人が夫婦《めおと》になっていたならば、自分は女ごとしての幸せに酔《よ》い痴《し》れてしまい、今日《こんにち》の立場茶屋おりきはなかったであろう……、とそうおっしゃっていたそうですね？　現在《いま》では、女将さんのその気持がわたくしにもよく解ります……。逃げ場を作ってはならない……。これだけの大所帯となった立場茶屋おりきの女将を務《つと》めるには、全身全霊《ぜんしんぜんれい》を捧《ささ》げなければならないということなのですよね……」

おりきはそんなふうに逡巡《しゅんじゅん》する気持を、先代に吐露《とろ》したのである。

当然のことながら、先代は何も応えてくれなかった。

おめえさ、迷っていることがあるのなら、止したほうがいい……。

おめえの後ろにいる女《ひと》がそう言っとりんさるけ……。

はれ、やくたいもない！　おめえが胸の内で問いかけたことに応えてやろうというのによ！　けど、これだけは言っとくよ。おめえさには弁天さまがついていなさるからよ！　その女《ひと》が言っていなさるんだ。真っ直ぐに我が道を進めと……。

ああ……、あの梓巫女はこのことを言っていたのだ……。

とすれば、弁天さまとは、先代女将……。

おりきは脚を止め、はっと振り返った。

が、梓巫女の姿はもうどこにも見当たらない。

おりきは狐《きつね》につままれたような想いで、再び歩き始めた。

まさか、昼日中《ひるひなか》に夢幻《ゆめまぼろし》を見たとも思えない。

では、先代が梓巫女の姿を借りて、おりきに迷わず女将の道を進めと伝えに来たのであろうか……。

おりきは先代と板前兆治の間で起きたことを考えながら歩き続けた。

先代が鶴見村横町《つるみむらよこまち》で茶屋をやっていた頃のことである。

あるとき、茶屋に流しの板前兆治という男がやって来た。

それまでどういう理由《わけ》か板前が長続きしなかった立場茶屋おりきには、兆治は掛値なしの拾いものだった。

歳《とし》はおりきより二歳年下だが、築地水月楼《つきじすいげつろう》で包丁《ほうちょう》を握っていただけのことはあって、兆治は実に見事な包丁捌《さば》きを見せ、その腕は忽《たちま》ち評判となった。

いつしか、おりきは兆治を男として意識するようになったという。

婚家《こんか》から退代《のきしろ》をつけて姑去《しゅうとめざ》り（離縁）されたおりきには、恐らく、それが初めての恋心だったのであろう。

二人が理《わり》ない仲となったのは、達吉《たつきち》の目にもはっきりと判《わか》ったという。

そうして、春になったら祝言《しゅうげん》をと言い交《か》わした矢先のことだった。

兆治の女房と名乗る女ごが現れたのである。

　そのときのことを達吉はこう言った。

「これが酷《ひで》ェ女ごでやしてね。おのぶというのでやすがね。兆治より十歳も歳上で、当時、兆治は三十三歳でやしたから、さあて、四十二、三ってとこかね。水茶屋《みずぢゃや》の茶汲女《くみおんな》か、遣手《やりて》って形《なり》をしてやしてね。兆治は、おめえとはとっくに切れている、所《ところ》払《ばらい》になったとき、退状《のきじょう》も届け出たし人別帳《にんべつちょう》からも外《はず》してもらった、第一《でえいち》、所払になった俺に、おまえとは関わりがない、とっとと出て行けと追い立てたのはおめえじゃないか、今更《いまさら》、女房面《づら》をされたのじゃ敵《かな》わねえ、とそう言いやしてね……。ところが、おのぶはどこかで兆治の噂《うわさ》を聞いたんでしょう。その頃になると、鶴見村に小粋《こいき》で料理の美味《おい》しい立場茶屋があると、江戸でも通人《つうし》の間に名が通っていやしたからね。おのぶにしてみれば、うらぶれた亭主は要《い》らないが、腕利《うでき》きと評判の兆治を手放すのが惜《お》しくなったんでしょう。しかも、訪ねてみれば、兆治の傍には滅法界別嬪《めっぽうかいべっぴん》の女ごがいる……。おのぶはカッと頭に血が昇《のぼ》ったのでやしょうね、冗談じゃない、板場の下働きをしていた頃から、おまえが一人前の板前になれるようにとあたしが水茶屋に出ておまえを支えてきたんじゃないか、それをいけしゃあしゃあと、茶屋の女将と乳繰《ちちく》り合って、亭主に収まろうたァ許せない、女将も女将だ、人の亭主を寝取り、泥棒猫《どろぼうねこ》とはこのことだ、さあ、この始末をどうつけてくれる……、とまあ、競口《きおいぐち》を叩《たた》いたのよ」

兆治とおのぶは揉《も》み合いになったという。

おのぶがおりきを刺そうと匕首《あいくち》を取り出し、兆治がそれを阻止《そし》しようと割って入り揉み合いになったのだが、なんと、揉み合っているうちに、気づくと兆治の手に匕首が……。

おのぶは胸を刺されて、その場に蹲《うずくま》っていた。

当然のことながら、兆治は鈴ヶ森《すずがもり》で斬首《ざんしゅ》されることに……。

以来、先代おりきは兆治の御霊《みたま》を弔《とむら》うつもりで品川宿《しながわしゅく》門前町に茶屋を移し、その後旅籠《はたご》にまで手を広げて現在《いま》の立場茶屋おりきを創《つく》り上げたのである。

おりきも先代が毎月欠《か》かさず海蔵寺の投込塚《なげこみづか》に詣っていたことを憶《おぼ》えている。

まさか、それが兆治の墓だったとは……。

達吉から兆治の話を聞いてから、おりきには先代の心の叫びが聞こえるように思った。

先代の楯《たて》となり、そのためにおのぶを殺《あや》めることになり、鈴ヶ森に散っていった兆治……。

先代は兆治への哀惜《あいせき》の念を胸に、以来、他の男に惑《まど》わされることなく、立場茶屋おりきの女将を全《まっと》うしたのである。

海蔵寺で眠る兆治に見守ってもらいたいとの思いで我勢してこられた、仮に、あの忌まわしきことが起きずに二人が夫婦《めおと》になっていたら、自分は女ごとしての幸せに酔い痴れてしまい、今日《こんにち》の立場茶屋おりきはなかったであろう……。

先代のその言葉……。

その言葉こそが、おりきが問いかけたことへの先代の応えだったのではなかろうか……。

「お帰《けえ》りやす！　車町《くるまちよう》の親分が帳場でお待ちでやすぜ」

通路を入って来るおりきを認め、旅籠の出入口を掃《は》いていた下足番見習《げそくばんみならい》の末吉《すえきち》が声をかけてくる。

「親分が……。誰が相手をしているのですか？」

「へっ、大番頭さんが……」

おりきは頷《うなず》くと、玄関を潜《くぐ》った。

「どうしてェ、先代の墓に詣ってたんだってな?」

亀蔵《かめぞう》はおりきの姿を見ると、にっと細い目を糸のようにした。

「ええ、月命日にお詣り出来なかったものですから、今日は何がなんでもと思いまして ね」

おりきはそう言い、茶の仕度《したく》をしていた達吉に代わろうかと目まじした。

達吉が立ち上がり、おりきと場所を替《か》わる。

「親分が土産《おみや》を持ってきて下せえやした」

「ああ、たまたま下谷《したや》に行く用があったもんでよ。下谷まで行ったら、何故《なぜ》かしら小《こ》金煎餅《がねせんべい》を買わずにはいられねえもんでよ……」

「まあ、根岸《ねぎし》に行かれたのですか?」

「いや、鷲神社《おおとりじんじゃ》の宮司《ぐうじ》に訊《たず》ねてェことがあって下谷に行ったんだがよ……。実は、それなのよ、俺がなんでもおめえたちに知らせなくてはと思ったのは……」

亀蔵はそう言うと、意味ありげにおりきと達吉に目を据《す》えた。

亀蔵のこの勿体《もったい》をつけた言いようはどうだろう……。

「知らせるって、一体何《いってえなに》を……」

「何があったというのです?」

　達吉とおりきが訝《いぶか》しそうに亀蔵を見る。

「それがよ……。いや、おきわが来るまで話すのは止しておこう」

　亀蔵は言い差したまま口を閉じてしまい、唇をへの字に曲《ま》げた。

「おきわも呼んだのですか？」

　おりきが驚いたように、知っていたのか、と達吉を窺《うかが》う。

　達吉が慌てて首を振る。

「いや、あっしは何も知りやせん……」

「ああ、大番頭にもまだ話しちゃいねえ……。それよか、小金煎餅を食わねえか？　俺《おり》ャ、これに目がなくてよ……。醤油《しようゆ》ダレの芳《こう》ばしさが堪《たま》んねえ！」

　亀蔵はそう言うと、菓子《かし》鉢《ばち》の煎餅を摘《つま》み、パキッと割った。

「では、新規《しんき》にお茶を淹《い》れましょうね」

　おりきは急須《きゆうす》のお茶っ葉を山吹《やまぶき》に替えると、お茶の仕度を始めた。

「親分、さぞや鷲神社は酉《とり》の市で賑《にぎ》わっていたのじゃありやせんか？」

　達吉が訊ねる。

「ああ、芋《いも》の子を洗うとはあのことでェ……。三の酉だったもんだから、これが最後と思ってか、熊手《くまで》が飛ぶように売れてたてよ」

「酉の市はどこの神社も人出《ひとで》で賑わいやすが、鷲神社は数ある江戸の神社の中でも格別といいやすからね」

「そういうこと……。やっぱ、美味《うめ》ェや、この煎餅……」

亀蔵がでれりと相好《そうごう》を崩《くず》したときである。

「おきわです。入ってもいいでしょうか？」

板場側の障子《しょうじ》の外から声がかかった。

「おっ、来たか……。入《へえ》んな！」

亀蔵の声に、障子がそろりと開く。

「済みません。客が立て込んでいて、なかなか見世《みせ》を空《あ》けられなくて……」

おきわは帳場の中に入って来ると、おりきと達吉に頭を下げた。

「それで、もう見世は大丈夫なのですか？　さっ、もっと近くにお寄りなさい」

おりきに言われ、おきわが怖《お》ず怖ずと亀蔵の傍に寄って来る。

「あたしに話があると言われましたが、何か……。いえ、見世のほうはもう大丈夫です。昼の書き入れ時を終えたんで、七ツ（午後四時）くらいまでは客足が疎《まば》らで……」

「おきわ、中食《ちゆうじき》がまだなのではありませんか？」

「いえ、それが……」

おきわが肩を竦《すく》める。

「お若《わか》が注文を取り違えた掛け蕎麦《そば》が調理台の上に置いてあったんで、店衆に、済まないね、親分に呼ばれているのでこれを食べさせてもらうよ、と断り、つるつるっと搔《か》き込んできたんですよ」

おきわがまたもや肩を竦める。

「なんだって！　お若の奴、まだそんなやりくじりをしてるってか？　あいつが彦蕎《ひこそ》麦《ば》に入《へえ》って、もう半年だぜ。半年経《た》っても注文を取り違えるたァ、なんて様《ざま》でェ！」

亀蔵が苦虫《にがむし》を嚙《か》み潰《つぶ》したような顔をする。

「いえ、いつもそんなやりくじりをするわけじゃないんですよ。ただ、今日はちょいとばかし見世が立て込んでいて……。それに、お若が悪いわけじゃないんですよ。掛け蕎麦を注文した客が突然盛りに替えたかと思えば、暫《しばら》くすると、また掛けに……。最後に盛りと言い直したらしいんだけど、そんなことをされたんじゃ、このあたしだってこんがらがって、何がなんだか判らなくなっちまいますよ。けど、一緒にいた連れの男に、確かに、この男は最後に盛りと言ったと相槌《あいづち》を打たれたんじゃ、掛けを下げてくるより仕方がないですからね……」

おきわが苦々《にがにが》しそうな顔をする。

「そりゃ、新入りと見て、お若がちょうらかされたんだよ……。なに、彦蕎麦だけじゃねえ、茶屋番頭が言ってたが、茶屋でも新入りの茶立女《ちゃたておんな》がちょくちょくやられるそうでよ……。ねっ、女将さん？」

達吉が眉根《まゆね》を寄せる。

「気にすることはありませんよ。そんなことに一喜《いつき》一憂《いちゆう》しても仕方がありません……。それに、突き返された蕎麦が無駄になるわけではなく、そうして、店衆の誰かのお腹《なか》を満たすことになるのですからね」

おりきはおきわに茶を勧《すす》めると、改まったように亀蔵を見据えた。

さあ、話を聞こうじゃないかといったおりきの仕種《しぐさ》に、亀蔵が咳《しわぶき》を打つ。

「実はよ、今朝、鷲神社の宮司に訊きてェことがあって、俺ャ、下谷まで行った……。とまあ、ここまでは女将と大番頭には話したんだが、鷲神社での用事を終えて参道の人溜《ひとだまり》を掻き分け、鳥居《とりい》まで出たところ、一体《いってえ》、誰に出会《でくわ》したと思う？」

亀蔵が仕こなし振りに皆を見廻《みまわ》し、おきわの前に視線を定めた。

「親分がわざわざあたしを呼び出されたってことは、与之助《よのすけ》……。与之助にお逢《あ》いになったんですね！　ねっ、親分、そうなんでしょ？」

おきわが身を乗り出し、縋《すが》るような目で亀蔵を見る。

「親分、そうなのですか？」

おりきも亀蔵の顔を覗《のぞ》き込む。

「ああ、与之助だった……」

亀蔵が頷く。

「それがよ、二月《ふたつき》ばかし前《めえ》にも札《ふだ》の辻《つじ》で与之助らしき托鉢僧《たくはつそう》を見掛けてよ……。いや、目深《まぶか》に網代笠《あじろがさ》を被っていたもんだから、はっきりと顔を見たわけじゃねえ……。が、口許《くちもと》や顎《あご》の辺りがどこかしら似ているような気がしてよ……。と言うか、身体《からだ》から放たれる匂《にお》いのような……。つまり、姿が見えずとも犬が人や動物を嗅《か》ぎ当てるのと同じで……、と言っても、俺は犬のように匂いに鋭《するど》いわけじゃねえんだがよ……。けど、何故かしらその托鉢僧と与之助が俺の中で重《かさ》なったのよ……。とは言え、相手は坊主だ。修行《しゅぎょう》の最中というのに、まさか、笠を外して顔を見せろとは言えねえ……。それで、お布施する振りをして、傍に寄って行ったのよ。ところが、遠目《とおめ》には捉《とら》えられていた口許や顎の線が、近づくにつれ、捉えづらくなってよ……。だからといって、笠の中を覗き込むわけにゃいかねえだろう？　それで、鉢《はち》の中に銭を投げ入れ、ひと声、ご苦労だな、与之助、と声をかけてみたのよ……」

「それで？　何か反応がありやしたんで？」

　達吉が身を乗り出す。

「…………」

「…………」

　おりきもおきわも息を殺し、亀蔵の言葉を待った。

　亀蔵が太息《ふといき》を吐《つ》く。

「反応なんてねえさ……。托鉢僧は微動《びどう》だにせず、念仏《ねんぶつ》を唱《とな》え続けていてよ。それで、そのときはそれ以上追及するのを止して、その場から離れたんだがよ……。正《まさ》な話、俺の中でも半信半疑《はんしんはんぎ》なのよ。与之助が生きているのか死んでいるのか、生きているとすれば、今頃何をして立行《たちいき》しているのか、何ひとつ判っちゃいねえんだからよ……。とは言え、仏門に入《へえ》ったのじゃなかろうかという想いも捨て切れねえ……。そんな想いが、托鉢僧と与之助を結びつけちまったのかもしれねえしよ……。ところが、今日、またもや、鳥居の傍に佇《たたず》み念仏を唱える托鉢僧にきやりとしてよ……。この前《めえ》と同じ匂いを嗅ぎつけたのよ。おっ、言っとくが、俺が托鉢僧を見る度《たび》にそんなふうに感じると思わねえでくれよな！　托鉢僧なんて掃《は》いて捨てるほどいるんだからよ。殊《こと》に、現在《いま》は寒修行《かんしゅぎょう》の最中《さなか》だ。神社ばかりか町のどこかしらで托鉢僧を見掛けるが、その度に胸が高鳴っているわけじゃねえんだからよ」

「では、鷲神社で見掛けた托鉢僧には、与之助を想わせる何かがあったと？」

おりきが亀蔵を瞠める。

「ああ、違《ちげ》ェねえ、あのときと同じ坊主だった……」

「それで？」

おきわが待ちきれないとばかりにせっつく。

「まあ、そうせっつくなよ……。まっ、おめえの気持も解らねえでもねえけどよ。それでだ、今度ばかりは俺も後に退《ひ》けねえと思ってよ。意を決して、托鉢僧の傍まで近寄ると、笠の中を覗き込んでやったのよ……。案の定、与之助じゃねえか！　俺ャ、傍目《はため》も憚《はばか》らずに、与之助、観念《かんねん》しな！　と言ってやったんだ……。が、それでも与之助は念仏を唱え続けていてよ。それで、奴の腕を摑《つか》むと、茂みの中に引っ立てて行ったのよ」

まあ……、とおりきとおきわが眉根《まゆね》を寄せる。

「可哀相《かわいそう》に……。与之助を罪人扱《ざいにんあつか》いするなんて！」

「親分、それはあんまりだ！　与之助は何も悪いことをしたわけじゃないというのに……。他人《ひと》が見たら、与之助が罪を犯《おか》して引っ立てられたと思うじゃないですか！」

おきわが悲痛の声を上げ、亀蔵を睨《にら》みつける。

亀蔵はバツが悪そうに、月代《さかやき》に手を当てた。

「済まねえ……。そうでもしなきゃ、あいつから話を聞けねえと思ってよ」

「それで、与之助から話が聞けたんで？」

達吉がそう言うと、亀蔵は徐《おもむろ》に茶をぐびりと飲んだ。


「ああ、聞けた……。さすがに与之助も観念したんだろうて、あれからのことを話し始めてよ……。まっ、俺たちも与之助が彦蕎麦を飛び出し、その脚で山水亭《さんすいてい》の親戚に当たる下谷長者町《ちょうじやまち》の瀬戸物屋を訪ね、お真知《まち》がどこに葬《ほうむ》られたのか聞いたことまでは知っていたが、与之助は山水亭の墓所《はかじょ》のある大久寺《だいきゅうじ》に詣り、三日三晩、墓の前で頭《こうべ》を垂《た》れ、あのとき自分に勇気がなかったばかりに、押し込み一味を阻止することが出来なかった……、挙句《あげく》、自分一人が生き残り、その結果、お真知さんを苦しめることになったばかりか入水《じゅすい》させてしまうことになり、知らなかったとはいえ、どうすればよいのか……、謝っても許してもらえるとは思っていないが、どうしたら皆の心が安まるのか教えてほしい、自分が死んで詫《わ》びることで許してもらえるのなら、今すぐにでも生命《いのち》を絶《た》ってもよいのだが……、と語り続けたそうでよ。その姿を陰から大久寺の住持《じゅうじ》が見ていたらしく、おまえに本気で詫びる気持があるのであれば、山水亭一家の供養《くよう》に身を捧げるのみだ、自《みずか》ら生命《いのち》を絶つことだけはしてはならない、と諭《さと》したそうでよ……」

「それで、与之助が仏門に入ることに……」

おりきがそう言うと、おきわが堪《こら》えきれずに袂《たもと》を鼻に当て、ウッと噎《むせ》んだ。

「良かった……。生きていてくれて……。生きていてくれさえすれば、与之助が俗世《ぞくせ》を離れたところであたしになんの不満がありましょう」

おきわはそう呟くと、ぶるぶると肩を顫《ふる》わせた。

「けどよ、与之助が俗世を捨てたってことは、もう二度と、彦蕎麦には戻って来ねえってことなんだぜ？　おめえ、それでいいのかよ」

達吉が気遣《きづか》わしそうにおきわを見る。

与之助がお真知の死を知り彦蕎麦を飛び出した後、亀蔵から、おめえ、与之助に何故もっと早く教えてくれなかったのかと責められたんだって？　と聞かれ、おきわは与之助を思い遣《や》り庇《かば》おうとしたのである。

「いえ、責められたというより、与之助にはどう対応してよいのか解らなかったのだと思います。きっと与之助にも、あたしたちが思い遣って秘密にしたと解っているのだと思います。ですから、有難《ありがた》く思っているんですよ。有難く思ってはいても、お真知さんが与之助を殺《あや》めてしまったと思い込み、自ら生命《いのち》を絶ってしまったことへの衝撃が大きすぎたのでしょうよ。結句、与之助は二度もお真知さんを殺したことになるのですものね……。山水亭の一家と使用人が押し込み一味に斬殺《ざんさつ》されたのも、お真知さんが入水して果てたのも、おまえのせいではない、と口が酸《す》っぱくなるほど言ってやったんだけど、いや、自分さえ、あのとき勇気を出していたならば、こんなことにならなかったのだと言い張るばかりで……」

おきわは辛《つら》そうにそう言い、顔を顰《しか》めた。

すると、達吉が割って入り、与之助の気持が解らないでもない、罪があるとかないとかではなく、何もかもがなるべくしてなったこと……、だが、あのときこうしていたらと悔《く》いる与之助の気持は解る、寧《むし》ろ、悔いないようでは、それこそ人畜生《にんちくしょう》だ、与之助はもっともっと苦しめばよい、と言うと、それに対し、おきわはきっぱりとした口調《くちょう》でこう言った。

「女将さん、あたしは与之助を信じています。山水亭の件では、与之助は責めを負《お》いながらも、自ら生命《いのち》を絶とうとはしませんでした。苦しみながらも、敢《あ》えて茨《いばら》の道を歩こうとしたんですよ。辛かったと思います……。死ぬことよりも、心に呵責《かしやく》を負いながら生きていくことのほうが、どれだけ辛いか……。だから、此度《こたび》も、きっと乗り越《こ》えてくれると、あたしはそう思っています」

そして、こう続けたのである。

「恐らく、与之助は衝撃のあまり、どうしてよいのか心の整理がつかないのでしょう。板頭の修《しゅう》さんが言うんですよ。お真知さんが死んだと聞き、現在《いま》は、自分だけ何事もなかったかのような顔をして温々《ぬくぬく》と暮らしていけないと思っているのだろうが、そのうち、自分なりの禊《みそぎ》をして、再びここに戻ってくるのじゃなかろうか、そのときのためにも、居場所を空《あ》けて待っていたいと……」

おきわは心の底では、いつか与之助が戻って来ると信じていたのであろう。

と言うか、心底《しんそこ》そうなることを願っていたのである。

が、生きていてくれさえしたら、俗世を離れたところであたしになんの不満がありましょう……、と言ったその言葉も、恐らく、おきわの本音《ほんね》なのだろう。

「では、与之助は大久寺で得度《とくど》を？」

おりきが訊ねると、亀蔵は首を振った。

「いや、大久寺は法華宗《ほっけしゅう》だからよ。住持は与之助の実家《さと》が浄土宗《じょうどしゅう》と聞き、本郷《ほんごう》の浄心寺《じょうしんじ》に文《ふみ》を書いてくれたそうでよ……。まっ、宗派《しゅうは》は違っても、御仏《みほとけ》に仕《つか》える心は変わらねえからよ」

「それで、修行の一つとして托鉢をしているのですね。で、与之助はこの先どうすると言っていました？」

おりきが亀蔵を瞠める。

「托鉢は修行の一環《いっかん》だが、これから先のことはまだ何も判らねえのだとか……。ただ、こう言ってた。彦蕎麦の女将さんや皆には心配《しんぺえ》をかけて済まねえ、が、今後は仏に仕《つか》えて、生涯《しょうげえ》、山水亭の鎮魂《ちんこん》に努《つと》めるつもりなので、自分のことはどうか忘れてほしい、勝手を言うようで申し訳ねえんだが、どうか、そうさせてほしいと……。それを聞いて、俺ャ、与之助のことはもう案じるのは止そうと思ってよ……。それで、未《いま》だにおきわが与之助を待ち続けているのなら、早ェ《はえ》とこ、あいつの気持を伝えてやらなきゃと思ってよ……」

「そうですか……。解りました。おきわ、与之助が無事に生きていてくれると判っただけでも良かったではないですか！」

おりきがそう言うと、おきわも納得したとばかりに頷く。

「親分、有難《ありがと》うございます。親分が勇気を出して声をかけて下さったから、与之助の消息《しょうそく》が判り、これであたしも胸の痞《つか》えが下りたような気がします。与之助が進むべき道を見つけてくれて、心《しん》から安堵《あんど》しました。あたしもこれからは門付《かどづ》けを見たら、快《こころよ》くお布施をしてやろうと思います」

「おいおい門付けを見たらといっても、そいつが与之助かどうか判らねえんだぜ？　なんせ、あいつら、念仏の他は喋《しゃべ》らねえんだからよ……」

達吉が呆《あき》れたように言う。

「与之助でなくてもいいんですよ。誰であれ、与之助を励ますつもりでお布施をすれば、気持が通じるのですもの……」

おきわは憑物《つきもの》でも落ちたかのような顔をした。

「そりゃそうと、与之助が戻って来ねえってことになれば、いつまでも福治《ふくじ》を彦蕎麦に置いておくわけにはいかなくなる……。ねっ、女将さん、そうでやすよね？」

達吉がおりきの顔を窺う。

「そうですねえ……」

おりきは暫《しば》し考えた。

与之助が戻って来るまでの繋《つな》ぎとして旅籠から彦蕎麦に福治を廻《まわ》したのであるが、

このまま与之助が戻って来ないということになると……。

現在《いま》のところ、旅籠の板場は福治が抜けても廻していけるのであるが、父親《てておや》のような腕のよい板前になろうという決意の下《もと》に、立場茶屋おりきに来るまで流しの板前としてあちこちの見世を廻ってきた福治には、彦蕎麦の揚方《あげかた》だけでは飽《あ》き足《た》りないのではなかろうか……。

福治の父矢吉《やきち》は腕のよい板前で、母のおよねとは深川《ふかがわ》の梅本《うめもと》で知り合ったのだという。

当時、矢吉には許婚《いいなずけ》がいて、矢吉が火遊びのつもりでおよねに手をつけたところ、いつしか鰯煮《いわしに》た鍋《なべ》（離れがたい関係）となり、およねのお腹に赤児《やや》が出来たから堪らない……。

しかも、梅本では奉公人同士のびり出入りを禁じていたので、矢吉は観念せざるを得《え》なくなり、泣く泣く梅本を辞《や》めるとおよねと所帯を持ち、以来、流しの板前としてあちこちの見世を渡り歩くようになったのである。

半年後、福治が生まれて親子三人、倹《つま》しいながらも幸せに暮らしていたのだが、矢吉の母親と同居するようになってからがいけなかった。

姑《しゅうとめ》とおよねは反《そ》りが合わず、毎日が修羅場《しゅらば》とかし、遂《つい》に、居たたまれなくなったおよねは福治を置いて家を飛び出すことに……。

その後、およねはあちこちの居酒屋を転々とし、助次《すけじ》という研師《とぎし》の囲《かこ》われ者になったが、丁度その頃、矢吉がおよねを捜《さが》し当て訪ねて来た。

矢吉は、母親が亡くなり男手《おとこで》ひとつで福治を育てるのに困っている、とおよねに復縁を迫《せま》ったという。

が、およねはそれを突っぱねた。

囲われ者とはいえ、およねは助次に心底《しんそこ》惚《ほ》れていたのである。

矢吉は肩を落として帰って行ったが、目先だけのおよねの幸せは永《なが》くは続かなかった。

それから一年ほどして、助次が心《しん》の臓《ぞう》の発作《ほっさ》で急死し、およねは本妻に何もかもを取り上げられると、身すがら叩き出されてしまったのである。

再び路頭《ろとう》に迷うことになったおよねは、二度と渡らないと胸に誓った大川《おおかわ》を渡り、矢吉と福治のいる裏店《うらだな》に戻った。

ところが、今度は頑《がん》として、矢吉がおよねを許そうとしなかったのである。

「おめえは亭主や腹を痛めた我が子より、女房持ちの男を選んだ女ごじゃねえか、そんな女ごに福治の母親面《づら》をされて堪るか！」

矢吉はそう言い、敷居《しきい》を跨《また》ぐことも許してくれなかったのである。

それからというもの、およねは生きた屍《しかばね》のようになり、再び浅草《あさくさ》に戻ると夜鷹《よたか》まがいのことをして日銭《ひぜに》を稼《かせ》ぎ、酒浸《さけびた》りの毎日……。

先代の女将におよねが拾われたのは、そんなときだった。

先代が今戸橋《いまどばし》の袂に蹲《うずくま》っていたおよねを見て、ひと目で何か事情があると見抜き、声をかけてきたのである。

先代はこう言ったという。

子供に親は選べない、が、どんな親でも親は親……、逢えなくても、決して絆《きずな》が切れるものではないからね、懸命《けんめい》に生きるのです、それが、おまえさんや別れた亭主や子供の幸せに繫がるのだから……と。

およねは先代に拾われて生まれ変わった。

立場茶屋おりきに来てからは、自分はもう独《ひと》りじゃない、ここには仲間がいると思えるようになり、そうなると一日一日が愉《たの》しくて、見世に来る客を見ても、一人一人に人生があり、自分たちはこの世に共存しているのだと思うようになったのである。

正な話、およねは矢吉のことも福治のことも忘れかけていた。

ところが、五年ほど前のことである。

福治が父親《てておや》の形見《かたみ》の柳刃包丁《やなぎばぼうちょう》を携《たずさ》え、立場茶屋おりきにやって来たのである。が、終《つい》しか福治は名乗ることもなく、酒や肴《さかな》を注文して二刻《ふたとき》（四時間）ほど粘《ねば》った挙句、俺が帰《けえ》ったら、燗場《かんば》の近くにいるあの女ごに渡してくれ、と当時茶立女をしていたおまきに柳刃を託《ことづ》けて帰って行った。

およねは柳刃をひと目見て、色を失った。

堺打刃物《さかいうちはもの》、堺英心斎《さかいえいしんさい》の銘《めい》の横に刻《きざ》まれた矢吉の名前……。

矢吉が贔屓筋《ひいきすじ》から贈《おく》られた、あれほど大切にしていた柳刃である。

柳刃に矢吉の名を刻むようにと勧めたのは、およねである。

当初八寸《はっすん》もあった刃は、研《と》いで研いで短くなっていたが、そこには矢吉の板前としての誇りがあるように思えた。

では、先ほどの客は福治……。

三歳の頃に別れたきりといっても、我が子の顔も判らないなんて……。

およねはすぐさま茶屋を飛び出し、福治の後を追った。

が、終しか追いつくことが出来ず、茫然《ぼうぜん》とするおよねの脳裡《のうり》に深川時代のことが走《そう》馬《ま》燈《とう》のように駆け巡《めぐ》った。

一日だけ休みを貰《もら》い、深川に戻ってみよう……。

以前住んでいた裏店や矢吉が渡り歩いた見世を訪ねれば、福治の居場所が判るかもしれないし、矢吉の墓に詣ってやりたい……。

ところが、およねはおりきが一日と言わず、二日でも三日でもいいからゆっくりしてくればよいといったのにも拘《かか》わらず、その日のうちに深川から戻って来てしまったのである。

深川で何があったのか、およねが話そうとしないので解らない。

そして、昨年の春のことだった。

およねが卒中で倒れてしまったのである。

おりきはなんとしてでもおよねに福治を逢わせてやりたく、亀蔵に福治の消息を探《さぐ》ってくれるようにと頼んだ。

だが、それから二日後、およねは内藤素庵《ないとうそあん》の診療所から抜け出すと、すっかり恢復《かいふく》したかのようにきびきびと立ち働いてみせ、朝餉膳《あさげぜん》に目処《めど》がついた頃、厠《かわや》に坐《すわ》り込むようにして事切《ことき》れた。

如何《いか》にも、およねらしい最期《さいご》ではないか……。

他の茶屋衆《ちゃやし》が忙しく立ち働いているというのに、自分だけが病室でのうのうと寝ているることに耐《た》えきれず、生命《いのち》の危険を顧《かえり》みず仲間の傍にいることを選んだのであるから……。

ほんの束《つか》の間であれ、見世の活気の中に身を置き、骨の髄《ずい》まで茶立女であることを身に沁《し》みて感じ、満足のうちに果てていったおよね……。

おりきはおよねの亡骸《なきがら》を茶室に安置し、そこで通夜《つや》をすることにした。

茶室でなら、茶屋衆や旅籠《はたご》衆が作業の合間を縫《ぬ》って、入れ替わり立ち替わり、およねに別れを告げることが出来る。

通夜には店衆ばかりか、嫁に出たおまきも駆けつけて来たし、無論《むろん》、とめ婆《ばあ》さんも……。

とめ婆さんは十歳以上も歳下のおよねが先だったことに憤怒《ふんぬ》を覚えているのか、怒ったような顔をしていた。

「なんだえ、だらしない！　あたしゃ、おまえがこんな腑抜玉《ふぬけだま》だとは思わなかったよ！」

とめ婆さんはおよねの亡骸にそう声をかけ、

「言っとくが、寂《さみ》しいからって、迎えに来るんじゃないよ！　あたしゃ、まだまだ生きるんだ。周囲《まわり》の者からお願いだから死んでくれと頼まれたところで、生きてやるんだからさ」

と続けたのである。

その時点では、まさか一年後、とめ婆さんがおよねの後を追うことになるとは、当の本人も誰もが思っていなかった。

そうして、翌日、妙国寺で野辺送《のべおく》りが行われ、その帰り道のことである。

亀蔵が苦々《にがにが》しそうに呟いた。

「増吉《ますきち》親分におよねの息子を捜してくれと頼んだところ、確かに四年前《めえ》まで深川にいたんだが、親父《おやじ》が亡くなって以降、姿を消しちまってよ……。ただ一つ判ったことがあってよ。四年前《めえ》、およねが息子を捜しに深川に行ったことがあっただろう？　あのとき、おめえが息子が見つかるまで三日でも四日でも深川に留《とど》まってもよいと言ったのに、およねはその日のうちに戻って来た……。深川で何かあったに違《ちげ》ェねえとおめえも不審《ふしん》に思ったと言ってたが、およねはよ、嘗《かつ》て亭主や子供と暮らした裏店を訪ねたところ、皆から亭主や子を捨て女房持ちの男に走ったあばずれ女と白い目で見られ、口も利《き》いちゃもらえなかったそうでよ……。と言うのも、姑が周囲《まわり》の者にあることないことおよねの悪口を言い触《ふ》らして廻っていたそうでよ。それぱかりじゃねえ……。矢吉は流しの板前としてあちこちの見世を転々としていただろう？　あろうことか姑の奴、ご丁寧《ていねい》にも矢吉が廻った見世まで訪ね歩きおよねの悪口を言っていたらしく、およねは行く先々で爪弾《つまはじ》きされたそうでよ。それで、これ以上、深川を捜し歩いても無駄と思ったんだろうて……。およねは品川宿に戻って来て、深川で何があったのかおめえに言わなかったというが、そりゃ、言えるわけがねえよな？　そう思うと、およねが不憫《ふびん》でよ……」

亀蔵の言葉を聞き、おりきは胸がぎりぎりと引き裂《さ》かれていくのを感じた。

とは言え、福治は母親が周囲《まわり》の者からそんなふうに悪し様《あざま》に言われているのを承知で、矢吉の柳刃をわざわざ品川宿まで届けに来たのである。

と言うことは、福治には父親《てておや》のおよねへの想いが解っていたということで、福治もまたそれを認めているということ……。

せめて、それが救いであった。

他人《ひと》からなんと思われても構わない。

肝心《かんじん》の夫婦《めおと》や親子が解り合えていたならば……。

それにしても、およねはなんと芯《しん》の強い女ごなのであろうか……。

あれほどの深い疵《きず》を胸の内に抱《かか》えているというのに、終しか、泣き言や繰言《くりごと》を言わず、逆に周囲《まわり》の者を励まし支え続けてきたのであるから……。

それから二月《ふたつき》後のことである。

福治が立場茶屋おりきを訪ねて来た。

福治はおりきと達吉の前で頭を下げると、恨《うら》み言《ごと》を募《つの》った。

「突然訪ねて来て申し訳ありやせん。実は、半月ほど前に久し振りに深川に戻ってみたところ、冬木町《ふゆきちよう》の親分があっしを捜していたというではありやせんか……。あっしは別にお上《かみ》に睨まれるようなことをした覚えがねえもんだから、何ゆえ親分があっしの行方《ゆくえ》を捜していたのか気にかかり、あっしのほうから親分を訪ねてみたんですよ。そしたら、あの女《ひと》が、いえ、およねさんが病《やまい》に倒れ、それも決して予断《よだん》を許さねえ状態とかで、立場茶屋おりきの女将さんがなんとしてでも生命《いのち》のあるうちにひと目あっしに逢わせてェと言っていなさると……。あっしは迷いやした。確かに、あの女《ひと》はあっしを産《う》んだ女ごかもしれねえ……。けど、まだ三歳という頑是《がんぜ》ねえあっしを捨て、他の男に走った女ごなんだ！　あれからどんなにおとっつァんが苦労したことか……。それなのに終しか、おとっつァんは後添《のちぞ》いを貰おうともせず、雇人《やといど》（臨時雇い）としてあちこちの見世を転々とし、あっしを育ててくれたんだ。おとっつァんは子供のあっしから見ても腕のよい板前だった……。聞いた話じゃ、若ェ頃《わけ》は深川の梅本で板脇《いたわき》を務めていたそうで、それが流しの板前に身を落としたのは、何もかも、あの女ごのせい……。あんな女ごに引っかからなければ、おとっつァんはいずれ花板《はないた》として名前《なめえ》を轟《とどろ》かせていたかもしれねえというのに、あの女ごのせいで……。しかも、そんな想いをしてまであの女ごと一緒になったというのに、他に好きな男が出来たからと言って、あっさり亭主や子を捨てたのだからよ！　それなのに、終生、おとっつァんは恨み言を言わなかった……。それどころか、今際《いまわ》の際《きわ》に、自分が死んだら、生命《いのち》の次に大切《てえせつ》に思っていた柳刃をおめえの手で品川宿門前町の立場茶屋おりきの茶立女およねに届けてくれ、決して他の者に託《たく》すんじゃねえ、必ず、おめえの手で届けるのだ、と切々《せっせつ》とした目をして言いやしてね……。それまで、おとっつァんの口からおよねという名が出ることがなかったもんだから、あっしはその女ごが品川宿にいるということも知っちゃいなかったが、おとっつァんの目を見て、その女ごがあっしのおっかさんなんだなって思いやした……。おとっつァんにとって、生命《いのち》の次に大切《てえせつ》なのは、息子のあっしと堺英心斎の手になる柳刃……。おとっつァんはあっしに柳刃を届けさせることで、あの女ごに自分の想いを伝えようとしたんじゃなかろうか、とそう思いやした。おとっつァんはあの女ごに息子の姿を見せたかったのかもしれねえ……。そう思い、四年前《めえ》、あっしは柳刃を手に茶屋を訪ねてみやした。ところが、どうしても、あの女ごに直接手渡すことが出来なかった……。客として茶屋に坐りあの女ごの働く姿を遠目に眺《なが》め、あれがおとっつァんやあっしを捨てた女ごなのだと、何度も何度も自分に言い聞かせやした。憎《にく》いとか恨めしいといった気持じゃなく、なんか不思議な気持でやした。頭に描《えが》いていたのは、亭主や子を捨て他の男に走った御助《おすけ》（好色女）だったのに、あの女ごはごく普通のどこにでもいるような女ごだった……。しかも、茶立女の中では頭的《かしらてき》な存在のようで、てきぱきと他の女ごに指示を与えているその姿を見ると、あっしにゃ、もう何も言えなくなっちまって……。それで、他の茶立女に柳刃を託し、逃げるようにして見世を後にしやした……。あっしはもうそれでいいと思ってやした。今さら、母子《おやこ》の名乗りを上げても、失った二十余年は戻っちゃこねえ……。なら、これまで通り、あっしにゃ母親はいねえと思っていたほうがいいと思って……」

どうやら、その時点では、福治はおよねがもうこの世の人ではないと知らなかったようで、達吉から亡くなったと聞かされ、えっと驚いた顔をした。

「やっぱり……。茶屋にあの女《ひと》の姿がなかったんで嫌《いや》な予感がしてたんだが、どこかで臥《ふ》しているんだろうと……。それで、いつ？　いつ、あの女《ひと》は……」

「四月の末です。最初《はじめ》の発作を見て、僅《わず》か二日後、自分ではもう治《なお》ったと思い診療所から戻ってきて、周囲《まわり》が止めるのも聞かずに仕事に戻り、気づくと、厠に倒れていましたの……。皆が駆けつけたときには既《すで》に息はなく、およねは誰にも看取《みと》られることなく、ひっそりと果てていきました……」

おりきがそう言うと、福治は蒼白《そうはく》な顔をして、無念《むねん》そうに目を閉じた。

「これが、およねの位牌《いはい》です。さっ、お詣りしてあげて下さいな」

おりきは仏壇《ぶつだん》の蠟燭《ろうそく》に火を点《つ》け線香を供《そな》えると、福治を促《うなが》した。

福治は位牌に手を合わせ、小刻《こきざ》みに背を揺《ゆ》らした。

そして、ぽつりと呟いた。

「女将さん、あの女《ひと》、幸せだったのだろうか……」

「幸せでしたとも！　過去の苦《にが》い思い出は別として、少なくとも、ここに来てからのおよねは幸せだったと思います……」

おりきはそう言い、如何《いか》におよねが茶立女を天職と思い、これまで率先《そっせん》して働いてきたかや、何ゆえ、亭主や子を置いて家を出なければならなかったのか、そのことで、どれだけおよねが疵つき懊悩《おうのう》したかを説明した。

「女将さん……」

福治は縋るような目でおりきを見た。

「四年前《めえ》、あっしがあの女《ひと》に息子だと名乗っていたら、あの女《ひと》、少しは悦《よろこ》んでくれただろうか……」

「悦ぶに決まっているでしょうが！　事情があったにせよ三歳のおまえさまを捨てたことには違いなく、およねは矢吉さんの墓に詣るというより、おまえさまの居場所を突き止めて詫びを言いたい、母として某《なにがし》かでもおまえさまの力になってやりたいと、そんな想いで深川に出掛けて行ったのですからね……。ところが、これはおよねの死後に判ったことなのですが、あのとき、およねは行く先々で、亭主や子を捨て女房持ちの男に走ったあばずれ女、と白い目で見られ、口を利いてもらえなかったそうなのですよ。冬木町の親分の話では、どうやら、お姑さんが周囲《まわり》の者にあることないことおよねの悪口を言い触らして歩いていたそうで、それればかりか、矢吉さんが流しで廻った見世まで訪ね歩き、悪口を言い触らしていたそうです……。それで、爪弾きされた恰好《かっこう》となったおよねは、これ以上深川を捜し歩いてもおまえさまの行方を突き止めることは無理と諦《あきら》めたのでしょうよ……。おまえさまにそのときのおよねの気持が解りますか？　恐らく、胸を掻《か》き毟《むし》られるような想いだったのではないかと思います」

「糞《くそ》ォ！　祖母《ばあ》さんがそんなことを……。あっしはそんなこととは露知《つゆし》らず、それであの女《ひと》が許せなかったというのに……」

福治は悔《くや》しそうに掌《てのひら》を握り締めたが、おりきは険《けわ》しい目を福治に向けた。

「福治さん、これまで黙って聞いていましたが、おまえさま、何故、およねのことをいくらおっかさんと呼ばないのですか？　あの女《ひと》はないでしょうが！気に染《そ》まないあの女《ひと》はないでしょうが！　いくら気に染まないことがあったといっても、およねはおまえさまがこの世でたった一人おっかさんと呼べる女《ひと》……。わたくしはおまえさまがおよねのことをあの女《ひと》と呼ぶ度に、身の毛が弥《よ》立《だ》つ想いになりました」

達吉も続けた。

「よくぞ言って下さった！　実は、あっしもぎりぎりしてやしてね。あの女《ひと》はまだしも、あの女ごときた日にゃ、こいつの頭をぶん殴《なぐ》ってやろうかと思いやしたからね」

福治は畳《たたみ》に両手をつき、ワッと声を上げて泣き出した。

「あっしだって、どれだけ、おっかさんと呼びたかったか……。済まねえ、おっかさん……。心の中じゃ、いっつも、おっかさん、おっかさん、と呼びかけてたんだ……。けど、口に出して言おうとすると、喉元《のどもと》で声が引っかかっちまって……。おっかさん、ああ、おっかさん……。こうして声に出して呼んでも、おっかさんはもう手の届かねえところにいっちまったんだ……。あっしが意地を張らずに、あのとき声をかけてたら……。そう思うと、悔しくて堪らねえ……」

やはり、福治は心の底では母親を恋しく思っていたのである。

恋しいからこそ憎しみが増し、が、本気で憎みきれるかといえば、否《いな》……。

根っこの部分では、恋しくて愛《いと》しくて堪らないのである。

おりきは福治をおよねの眠る妙国寺に連れて詣ると、旅籠に戻り、巳之吉になんとか福治をうちで雇《やと》えないものだろうかと打診《だしん》した。

幼い頃から父親《てておや》に包丁捌きの手解《てほど》きを受け、この四年、浅草界隈《かいわい》で流しの板前をやって来た福治である。

しかも、立場茶屋おりきはおよねが人生の半分を過ごした場所であり、謂《い》わば、故郷であり我が家……。

そこに福治を迎え入れてやれば、およねも草葉《くさば》の陰で悦んでくれるのではなかろうかと思ったのである。

巳之吉は快く承諾してくれた。

巳之吉が言うには、最初《はじめ》は追廻《おいまわし》からだが、福治は筋がよいのですぐに焼方《やきかた》に上がれるだろうと……。

そうして、福治は一度深川に戻って身辺整理を済ませ、七夕《たなばた》明けに再びやって来ることになったのだった。

しかも、福治のなんと心憎《こころにく》いまでの気扱《きあつかい》……。

深川本誓寺《ほんせいじ》に眠る矢吉の墓を妙国寺に移すべく、住持に渡《わたり》をつけてきたのである。

妙国寺には、およねの墓が……。

生きているときには離れ離れだった双親《ふたおや》を、せめて、隣り合わせに眠らせてやろうという福治の想いに、おりきも亀蔵も胸を打たれた。

福治は立場茶屋おりきの追廻に入って僅か一月《ひとつき》で焼方に昇進し、正な話、古くからいる煮方《にかた》の連次《れんじ》より筋がよいように思う。

とにかく末頼《すえたの》もしく、おりきもいずれは福治は巳之吉の片腕となるのでは……と思っていた。

そんなとき、彦蕎麦が与之助に抜けられ、急遽《きゅうきょ》、人手不足に……。

新規に揚方を雇い入れればよいのだろうが、それでは、与之助が戻って来ても居場所がなく、おきわはなんとしてでも与之助の居場所は確保しておいてやりたいと思い、その想いをおりきに打ち明けた。

おきわからどうしたものかと相談されたおりきは、逡巡した末、こう言った。

「おきわの気持はよく解りました。わたくしでもそう考えると思いますよ。それで、今ふっと思いついたのですが、与之助が戻って来ることを前提として、当面、うちから福治を彦蕎麦に廻すというのはどうでしょう。無論、与之助が戻って来れば、福治は旅籠に戻します。ねっ、良い考えだと思いませんか？」

「福治さんて、もしかして、茶屋の女中頭的存在だったおよねさんの息子の？」

「ええ、そうです。福治はうちに来るまで、流しの板前としてあちこちの見世を廻っていましたからね。一通りのことは熟《こな》せます。それに、余所《よそ》の見世に入っていくことにも慣《な》れていますし、事情を話せば、本人もきっと解ってくれるのではないかと思いますよ」

達吉もポンと膝《ひざ》を打った。

「そいつァ妙案《みようあん》でェ！　女将さん、よく福治を思い出しやしたね」

と、こんなふうにとんとん拍子《びようし》に話が決まったのだが、問題は肝心の福治と巳之吉がなんというかであった。

が、達吉が言うには、二人ともあっさり了解したというのである。

「板頭も与之助が抜けた後のことを案じていたようで、あっしが福治の名を出すと、一も二もなく了解してくれやしてね。それに、福治も納得してくれたようで……。まっ、元来、あの男は流しが身についてやすからね。与之助が戻って来るようなことがあれば、また、旅籠に戻ることになると言ったら、彦蕎麦だろうと旅籠だろうと、お袋《ふくろ》の傍にいられるんだから異存《いぞん》はねえと……」

それで福治は彦蕎麦の揚方に移ったのであるが、与之助がもう二度と戻って来ないとなれば、福治をこのままにしておくわけにはいかない。

これまでは助《すけ》っ人《と》という意味でそれでもよかったが、この先ずっととなると、福治も揚方だけでは飽き足らなく思うであろう。

何より、福治をこのまま彦蕎麦に埋《うず》めさせたのでは、およねに済まない。

おりきは改まったようにおきわを見ると、

「やはり、福治は旅籠に戻してもらいましょう……。おきわ、急いで口入屋《くちいれや》に揚方を廻してもらって下さいな。福治には新規の揚方が決まるまで、もう暫く彦蕎麦を助《す》させますが、福治のためにも極力《きよくりよく》急いで下さいな！」

と言った。


三の酉が終わると、はや師走《しわす》である。

毎年のことながら、師走に入るとどこかしら気忙《きぜわ》しい。

殊に、蕎麦屋は一年のうちで最も《もつと》怱忙《そうぼう》を極《きわ》めるときで、師走の声を聞くと誰彼《だれかれ》となく年越《としこ》し蕎麦が頭を過《よ》ぎるとみえ、まだ大晦日《おおつごもり》にはかなり間があるというのに、今日も昼の書き入れ時を過ぎても一向《いっこう》に客足が衰《おとろ》えようとはしなかった。

「おっ、枡吉《ますきち》、カラッと揚がるようになったじゃねえか……。いいか？　雌鯒《めごち》の手綱《たづな》造《づく》り、合わせ造りは衣《ころも》を少なめにつけて揚げるが、松葉《まつば》造りは粉をまぶしておいてから衣をたっぷりめにつけ、平《たい》らに広がるようにするのがコツだ……。雌鯒は皮が硬く、身が反《そ》ってしまうだろ？　だから、鍋の浅いところである程度固めておいてから、中央で揚げるんだ。そう、それでいい……。次は掻き揚だが、ゆるめの衣で具《ぐ》をさっと合わせ、玉杓子《たまじゃくし》で鍋の浅い部分にそっと入れるが、油が熱すぎては駄目だ。高温だと、衣が散ってしまうからよ……。油に入れたら表面が固まらねえうちに揚げ網《あみ》と箸《はし》で形を整え、引っ繰《く》り返《けえ》して鍋の中央へと寄せる。そして、これが肝心だ……。引っ繰り返《けえ》したら、真ん中を箸で数回軽く叩くのよ。こうすると、ネタの中に空気が入《へえ》ってふっくらと揚がるからよ。それから、揚げ上がりの判断は、油の中で箸で触れてみて乾《かわ》いた感じがすればいい……。まっ、そのうち、持ち上げたときの重さで中まで揚がっているかどうか判るようになるけどさ！　あとは慣れだ。どうでェ、もう俺がいなくても出来るよな？　解らねえことがあれば、遠慮せずに板頭に訊けばいい」

福治が板頭の修司《しゅうじ》に、頼むぜ、と目まじする。

「長《なげ》ェこと済まなかったな！　おめえに助けてもらえて助かったぜ。しかも、枡《ます》の野郎が、新規に揚方を雇うのなら自分を揚方に上げてほしい、と言い出したもんだから、おめえが手取り足取り教える羽目《はめ》になっちまってよ……。そのせいで、旅籠に戻るのが半月も延《の》びちまって、済まなかったな」

修司が気を兼ねたように言う。

「天つき三杯の掛け！」

小女《こおんな》のおまちが板場に向かって注文を通す。

天麩羅《てんぷら》蕎麦一つと、掛け蕎麦二つという意味である。

続いて、辞《や》めた小女のおかずに代わって入ったお若が、板場を覗き込み、

「ちょいと、盛り四枚、まだ上がらないの？」

と言う。

「ほい、今、上がったぜ！　持ってきな」

修司が配膳口に笊《ざる》を並べると、十日ほど前に入ったばかりの追廻の桔平《きっぺい》が、蕎麦猪口《そばちょこ》の上に薬味皿《やくみざら》を載《の》せ、笊の横に並べていく。

枡吉が新規に揚方を雇うのであれば自分にやらせてほしいと願い出て、半月が経つ。

考えてみれば、枡吉は彦蕎麦が出来た頃からいるので、もう六年以上も追廻をしていたことになる。

もう一人の追廻、航三《こうぞう》と違い何事にも目端《めはし》の利く枡吉は、いつまで経っても追廻の仕事しかやらせてもらえないのを不満に思っていたのであろう。

「大丈夫《でえじょうぶ》でやす。大概《てえげえ》のことは与之《よの》さんがやっているのを見てやしたんで、何をどうすればよいのか解ってやすんで……。ただ、頭では解っていても実際にやったことがねえもんで、要領やコツといったものを福治さんに教えてもらえれば……」

枡吉は哀願《あいがん》するようにおきわを上目《うわめ》に見ると、修司と福治に視線を移し、ぺこんぺこんと頭を下げた。

「どう思う？」

おきわが修司を窺うと、修司はうーんと腕を組んだ。

「枡にやらせてみるのもいいかもしれねえ……。いつまでも追廻ってわけにもいかねえだろうからよ」

枡吉の目がぱっと輝いた。

「けど、福治さんを早いとこ旅籠に戻さなきゃならないんだよ……。師走のこの忙しい時期に、修さんには枡吉に教える暇はないだろう？　それよか、すぐに使える揚方を雇ったほうがいいのじゃないかえ？」

おきわは困《こう》じ果てた顔をした。

「確かに俺には枡に教える暇などねえ……。弱ったな……」

するど、その会話を聞いていた福治が割って入った。

「だったら、あっしが教えやしょう」

「けど、おまえさんは旅籠に返さなきゃ……。そうするって、女将さんに約束したんだもの……」

「大丈夫《でえじょうぶ》でやす。女将さんにはあっしから事情を話し、半月ほど戻るのを延ばしてもれエやす」

「おまえさんがそう言ってくれるのは嬉《うれ》しいんだけど……。おまえさんも本当は早く巳之《みの》さんの下に戻りたいんだろ？　女将さんが言ってたよ。福治は巳之吉に近いものを持っている、先々が愉しみだと……」

おきわが気を兼ねたように言うと、福治は照れ笑いをした。

「女将さんにそう言ってもらえたと聞き、あっしは天にも昇《のぼ》るような心地《ここち》でやすが、困ったときには相身互《あいみたが》い……。なに、半月くれェ延びたところで構やしません。だからよ、枡吉、半月で何もかもを憶えてもらわなくっちゃなんねえんだが、やれるか？」

枡吉は慌てて大仰《おおぎょう》にうんうんと頷いた。

「女将さん、福治さんがああ言ってるんだ。甘えさせてもらっちゃどうでやす？」

修司に瞠められ、おきわが申し訳なさそうに福治を窺う。

「そうしてくれると助かるけど、本当にいいのかえ？」

「ああ、よいてや！　じゃ、そうと決まったら、今宵《こよい》見世を上がったら、早速《さっそく》女将さんに頼んでみやす」

そうして、この半月、福治が枡吉を特訓することになり、別に追廻を一人雇うことになったのだった。

その話を聞いて、おりきも安堵した。

やる気のある追廻は、いつの日にか自分も……、と焼方、揚方、煮方へと羨望《せんぼう》の目を向けるものである。

かと言って、皆が皆、目的を果たせるわけではなく、大半が挫折《ざせつ》して逃げ出していく有様《ありさま》で、枡吉が六年以上も追廻で辛抱《しんぼう》してきたことを褒《ほ》めてやらなければならないだろう。

きっと、枡吉は末頼もしい揚方になるに違いない。

いや、もしかすると、先々、板脇、板頭にもなれる器《うつわ》なのかも……。

「それで、半月ほど旅籠に戻るのが遅くなりやすが、お許し下さいますか？」

「ええ、許すも何も、わたくしはおまえにいつまでも彦蕎麦の揚方をさせていては不満に思うのではなかろうかと案じ、それで、おきわに早く戻してほしいと言ったのですが、おまえがそれでよいと言うのであれば、わたくしに異存はありません……。寧ろ、わたくしはおまえのその気遣いが嬉しいくらいです」

おりきはそう言い、諸手《もろて》を挙《あ》げて賛成したのである。

枡吉は一を聞いて十を知るような男で、半月という限られた中で、福治の教えを見事に吸収していった。

そして、いよいよ、明日から枡吉が独り立ちすることに……。

「天まじり六杯掛け！」

おきわが板場の中に入って来る。

そして、福治の姿を見ると、胸前《むねまえ》で手を合わせ、深々と頭を下げた。

「今日で最後だね……。長い間、有難うね。お陰で、なんとか枡吉が使い物になりそうだ……。まだ暫くは板頭が目を光らせていなきゃならないだろうけど、正な話、あたしは枡吉がこんなに使えるとは思っていなかったんだよ……。こんなことなら、もっと早く鍛《きた》えてやればよかったと思ってさ！」

「ああ、枡吉はやる気があるからよ。じゃ、あっしはそろそろ旅籠に戻りやすんで……」

福治がぺこりと頭を下げ、見世を覗いて、おまちとお若に目まじする。

空《から》になった笊や丼鉢《どんぶりばち》を片づけていた二人が、福治が別れを告げているのだと気づき、名残惜《なごりお》しそうに会釈《えしやく》する。

「あたしも改めて礼に行くつもりだけど、女将さんに宜《よろ》しく伝えてね！」

「へい」

「福治さんよ、今度は客として蕎麦を食いに来てくんな！」

「ああ、そうするよ」

「福治さん、俺ャ……、俺ャ……」

枡吉が今にも泣き出しそうな顔をする。

「俺、約束しやす！　きっと一人前《いちにんめえ》の揚方になってみせやすんで……」

「ああ、愉しみに待ってるぜ！　莫迦《ばか》だな、遠くに行くのじゃなく、すぐそこの立場茶屋おりきに戻るだけじゃねえか……。そんな顔をするんじゃねえ！」

そう言う福治の目も潤《うる》んでいる。

これまであちこちの見世を渡り歩き、さぞや別れには慣れていると思えるのに、やはり別れは辛いとみえる。

福治は皆の視線を振り切るようにして、水口から出て行った。

「おや、親分、昼間から紅《あか》い顔……。まあ、お飲みになったのですか？」

おりきが声もかけずに帳場に入って来た亀蔵を見て、留帳《とめちょう》を閉じながら訝しそうな顔をする。

すると、達吉が鼻眼鏡《はなめがね》を指で押し上げ、にたっと頬《ほお》を弛《ゆる》めた。

「ははァん……、さては、どこぞの巳待《みま》ちにお呼ばれされやしたな？」

亀蔵は長火鉢《ながひばち》の傍にどかりと腰を下ろすと、おっ、よく解ったな、と言い、おりきに茶を所望《しょもう》する。

「早《はえ》ェとこ茶をくんな！　いけねえや、昼間の酒は酔いが早くて敵わねえ……」

おりきが茶を淹れながら、巳待ち……、巳待ちとは？　と訊ねる。

「えっ、女将さん、巳待ちを知りなさらねえと？」

達吉が驚いたといった顔をする。

「ええ……」

おりきは戸惑《とまど》ったように目を瞬《しばたた》いた。

「己巳《つちのとみ》の日に講《こう》を開いて弁財天《べんざいてん》を祀《まつ》るんでやすよ……。まっ、早ェ《はえ》話、仲間が集《つど》い、講と称《しょう》して飲み食いする、飲み講なんでやすがね……。中でも、己巳《つちのとみ》の巳《み》の刻《こく》（午前十時）に講を開くと、弁天《べんてん》さまが顕《あらわ》れると言われてやしてね……。それで親分、弁天さまを拝《おが》むことが出来やしたんで？」

達吉がちょうらかしたように言う。

「弁天さま？　ああ、顕れたとも……」

「えっ、まさか……」

達吉が目をまじくじさせると、亀蔵はくくっと肩を揺すった。

「顕れたのなんのって、それも二人……。どうしてェ、達《たつ》つァん、その顔は！　早とちりするんじゃねえ……。今日は副嶋屋《そえじまや》の巳待ちだったんだが、弁天は弁天でも、白菊《しらぎく》という弁天《おべん》と歌丸《うたまる》という弁天《おべん》でよ。

から、客は大満悦《だいまんえつ》でよ……。顕れもしねえ弁天さまを待つよりは、生身《なまみ》の弁天《おべん》のほうがよいに決まってらァ！」

「副嶋屋というと、南本宿《みなみほんしゅく》の乾物屋の？　そいつァまた豪気《ごうき》なこって！　あの見世はどちらかというと南本宿じゃ新参者《しんざんもの》だが、此《こ》の中《じゅう》、あれよあれよという間に店構えを広げやしたからね……。余程《よほど》、景気がよいのでしょうな」

「ああ、俺もよ、あそこまで大がかりな巳待ちに呼ばれたことがねえ……」

「親分、大番頭さん、嗤《わら》わないで下さいね。わたくしが品川宿に来て十五年ほどになりますが、恥ずかしいことに、今初めて、そんな講があることを知りましたの。己《つちのと》といいますと、十干《じっかん》のことですよね？」

おりきが二人の顔を見比べる。

「ええ、巳《み》は十二支《じゅうにし》の巳で、己《つちのと》と巳《み》の合わさった己巳《つちのとみ》に当たる日に、弁財天を祀って講を開くんでやすよ。弁財天は水の女神……。水と巳《み》は相性《あいしょう》がいいと言われてるってわけで……」

達吉が味噌気《みそけ》に説明する。

「巳《み》は財運がよいとされ、それで商人《あきんど》の間で巳待ちが始まったんだが、恵比須講《えびすこう》と同じで、まっ、つまり、なんだのかんだのといっては、飲み食いしてるってことでよ」

亀蔵がヘンと鼻を鳴らす。

「まあ、そうでしたの……。一つ学《まな》びましたわ」

おりきはそう言うと、仏壇の引出から暦《こよみ》を取り出し、納得したとばかりに頷く。

「成程、干支《えと》では今日が己巳《つちのとみ》……」

「おっ、そりゃそうと、白菊や歌丸が話してるのを小耳に挟《はさ》んだんだが、ここ暫く幾《いく》千代《ちよ》の姿をお座敷で見かけねえんだとよ……」

亀蔵が思い出したように唐突《とうとつ》に言う。

亀蔵の湯呑《ゆのみ》に二番茶《にばんちゃ》を注《つ》ごうとしていた、おりきの手がぎくりと止まる。

「幾千代さんに何かあったのでしょうか……」

「いや、俺も気になったもんだから、病で寝込んでるのかと訊いてみたのよ。ところが、あいつら、首を傾げるばかりで、埒《らち》が明かねえ……。要《よう》は、あいつらも詳《くわ》しいことを知っちゃいねえってことでよ……。それで、おりきさんに訊けば何か判ると思ったんだが、そうかよ、おめえも知らねえんだな」

おりきが眉根を寄せる。

「風邪《かぜ》を引いて寝込んでいるのでしょうか……」

「まさか……。姐《ねえ》さんに限って、そんなことがあるわけがねえ……。なんせ、流行風邪《はやりかぜ》で見番《けんばん》に出入りする者の八割方が寝込んだってときも、姐さんだけはけろりとした顔をしてお座敷に出たというからよ」

達吉がそう言うと、亀蔵も相槌《あいづち》を打つ。

「幾千代に限って、鬼の霍乱《かくらん》って言葉は当て嵌《は》まらねえからよ……」

おりきはそうだろうか……、と思った。

以前に、幾千代が血の道で体調を崩《くず》し、二廻り《ふたまわ》（二週間）ほどお座敷を休んだことがあるのを思い出したのである。

あれから二年……。

まさか未だにそれを引き摺《ず》っているとは思わないが、年が明けると幾千代も五十二歳……。

これまで息災《そくさい》でいたといっても、身体に異変が起きても不思議はないだろう。

あのとき、幾千代はこんなふうに言っていたのである。

「おりきさんにはまだ理解できないだろうけど、気分が優《すぐ》れないときって、何がどういうこともなく憂鬱《ゆううつ》でさ……。そんなときには他人《ひと》に逢いたくないんだよ。幾富士《いくふじ》やおたけは家族だから傍にいても仕方がないが、あいつらとも、ろくすっぽう口を利かなかったからね。あちしの心を慰《なぐさ》めてくれたのは、猫の姫《ひめ》だけ……。だから、おりきさん、気にしないでおくれ。けど、もうすっかりいいんだよ。疾《と》うの昔にお座敷にも復帰しているし、こうして、今日はおりきさんの顔を見に来られたんだもの……。今朝、無性《むしょう》におまえに逢いたくなってさ！　それで、お座敷の合間を縫って、ここに来たってわけなのさ」

あのとき、おりきは幾千代の中にか弱い部分を垣間見《かいまみ》たように思った。

日頃、幾千代が小股《こまた》の切れ上がった鉄火《てつか》な姐御肌《あねごはだ》だからこそ、幾千代にもこんな面があるのだ……と、おりきは抱き締めてやりたくなるほど愛しく思ったのである。

そう思うと、おりきの胸がカッと熱くなった。

幾千代がいなくなったときのことを考えるだに怖ろしい。

それほど、今や、おりきにとって幾千代はなくてはならない存在となっていたのである。

「幾千代さん……」

「なんだえ?」

「ううん、いいの……」

「なんだえ、どうしたのさ」

「いえ、いいの……」

あのとき、おりきと幾千代は瞠め合い、二人にしか解らない会話を交わしたのである。

おりきはハッと達吉に目をやると、

「今、何刻《なんどき》ですか?」

と訊ねた。

「そろそろ七ツ（午後四時）ってとこでやしょうか」

「七ツ……」

となると、現在《いま》から猟師町《りょうしまち》まで出掛けるのは無理である。

あと四半刻《しはんとき》（三十分）もすれば、次々に泊《と》まり客がやって来るだろうし、それから先は、席の暖まる暇がないほどの忙しさ……。

おりきがやっとひと息吐けるのは、客室に食後お薄《うす》を点《た》て終えてから……。

が、いくらなんでも、それから幾千代を訪ねるのは無分別《むふんべつ》というもので、やはり、明日まで待つより仕方がないだろう。

「どうしやした？」

達吉が怪訝《けげん》な顔をする。

「いえ、幾千代さんを訪ねてみようと思ったのですが、やはり、今から訪ねるのは無理のようですね」

おりきがそう言うと、達吉と亀蔵が呆れ返ったように顔を見合わせる。

「幾千代が病で臥してるってか？　てんごうを……。そんなことがあるわけがねえ！」

「そうでやすよ。そりゃ、思い過ごしというもの……。女将さんこそ、人の疝気《せんき》を頭痛に病《や》んでどうするんですか！　まっ、見ていてごらんなせえ。そのうち、けろっとした顔をして、現れるに決まってやすから……。ねっ、親分もそう思いやすよね？」

「ああ、今頃、幾千代の奴、嚔《くさめ》してるに違《ちげ》ェねえ」

「いえ、わたくし、明日は必ず猟師町を訪ねてみます！」

おりきはきっぱりと言い切った。


その夜、おりきが客室のお薄を点てて帳場に戻ると、達吉が仏壇の横の壁を指差し、にたっと笑った。

なんと、弁財天の掛軸《かけじく》ではないか……。

「どこからこれを……」

おりきが目をまじくじさせると、達吉がへへっと肩を竦める。

「確か、先代が蔵に仕舞《しま》っていなさったように思ったので探してみたところ、ありやした、ありやした……。随分《ずいぶん》永《なげ》ェこと風に当ててねえもんだから、ほれ、衣魚《しみ》に食われた箇所が……。けど、気にすることたァねえと思い、こうして飾ってみやしたんで……。なんせ、今日は己巳《つちのとみ》でやすからね」

「それはそうですが、もう巳《み》の刻は過ぎましたが……」

「なに、まだ己巳《つちのとみ》が終わるまで一刻半《いっときはん》（三時間）もある」

「それで、どうするというのですか？」

「ええ、巳之吉に声をかけときやしたんで、おっつけやって来るでしょう」

「巳之吉を？　何ゆえ、巳之吉を……」

「へへっ、そりゃ、来てからのお愉しみ！」

そこに、計《はか》ったかのように巳之吉の声がした。

「巳之吉でやす。お呼びでしょうか……」

「おお、来たか。まっ、入《へえ》んな！」

達吉が声をかけると、巳之吉がするりと障子を開けて中に入って来た。

巳之吉はおりきの顔を見ると、何か？　と目で訊ねた。

おりきが慌てて首を振る。

「わたくしが呼んだわけではないのですよ。大番頭さんにお訊きなさい」

巳之吉が達吉に視線を移す。

達吉は傍に寄れと手招きをした。

「おめえ、今日が巳待ちだということを知ってたか？」

「へえ、以前、深川堀川町《ほりかわちょう》のふる瀬《せ》にいた頃に、何度か巳待ちのために仕出しの用命を請《う》けたことがありやすんで……」

「なら、一から説明するまでもねえ……。俺ャよ、考えたのよ。巳之吉は巳《み》……。つまり、立場茶屋おりきに財を呼び込んでくれる守り本尊《ほんぞん》のようなもの……。そして、女将さんは言ってみれば弁財天だ。この二人が揃《そろ》ってこそ立場茶屋おりきは繁栄する……。それでよ、こうして弁財天の掛軸を前にして、二人の気持を確かめておきてェと思ってよ……」

達吉が何を言おうとしているのか咄嗟に察したおりきは狼狽《うろた》えたが、巳之吉はとほいんとしている。

「…………」

「どうしてェ、俺の言っている意味が解らねえってか？　つまりよ、おめえの気持を聞きてェのよ……。女将さんを好きなんだろう？　惚《ほ》れてるんだろう？」

「達吉、お止しなさい！　おまえはなんてことを……。巳之吉が困っているではないですか！」

おりきは慌てて達吉を目で制した。

が、巳之吉は動じることなく、はっきりと答えた。

「へい、惚れていやす。女将さんを生涯《しょうげえ》支えていきてェと思っていやす」

達吉がほらごらんと味噌気な顔をしておりきを見る。

「じゃ、女将さんに訊くが、女将さんは巳之吉のことをどう思っていなさるんで？」

やはり、答えないわけにはいかないであろう。

「巳之吉は立場茶屋おりきにとって、いえ、わたくしにとって、いなくてはならない男《ひと》です」

おりきがそう言うと、ここぞとばかりに達吉がたたみかけてくる。

「それは板頭としてでやすか？　それとも、男としてで？」

「勿論、どちらもです」

「じゃ、巳之吉と夫婦《めおと》になってもよいと？　いんや、はっきりと言わせてもれェやす……。俺ャ、いや、俺だけじゃねえ。恐らく店衆は皆、二人が夫婦《めおと》になることを望んでいる……。まっ、一人一人に訊いて廻ったわけじゃねえんだが、仮に不服に思う奴がいたとして、それがどうだというんでやす？　不服に思うのなら、とっとと辞めていけばいいんだからよ……。肝心なのは二人の気持……。もう一遍《いっぺん》訊きやす。巳之吉、女将さんと所帯を持つ気があるんだな？　そして、女将さんは巳之吉と夫婦《めおと》になりてェと思っていなさる……。ねっ、それでいいんでやすよね？」

「…………」

「…………」

おりきも巳之吉も言葉を失った。

おめえさ、迷っていることがあるのなら、止したほうがいい……。

おめえの後ろにいる女《ひと》がそう言っとりんさるけ……。

おめえさには弁天さまがついていなさるからよ！　その女《ひと》が言っていなさるんだ。

真っ直ぐに我が道を進めと……。

おりきの脳裡に、梓巫女の言葉が甦《よみがえ》った。

すると、つと、巳之吉がおりきに視線を定めた。

「女将さん、あっしは女将さんをお慕《した》いしてやす。この先もずっと傍にいて、女将さんを支えていきてェ……。そりゃ、あっしも男だ。これまで何度、女将さんを抱き締めてェと思ったことか……。けど、それはしちゃならねえんだ！　あっしと女将さんは女主人《おんなあるじ》と板頭の間柄でいなくちゃならねえ……。決して、亭主と女房になっちゃならねえんだ。でねえと、あっしの純《じゅん》な気持が毀《こわ》れちまう……。女将さんはあっしだけのものじゃねえ、店衆全員のものであり、お客さまのもの……。この世に女将と呼ばれる女ごはごまんといるが、立場茶屋おりきの女将は皆の憧《あこが》れであり夢であり、特別のものなんだ！　だから、その夢を毀しちゃならねえ……。あっしはこれから先も女将さんをお慕いし続けるつもりでやす。それに、大番頭さんは店衆全員があっしと女将さんが結ばれることを望んでいると言われやしたが、果たしてそうだろうか……。あっしが女将さんと所帯を持てば、きっと、板場衆《いたばし》のあっしを見る目が変わってくる……。あっしも板前だから、あいつらの気持が解るんだ。せっかく甘《うま》いこと廻っている板場が、そんなことでぎくしゃくすることになったのでは料理にも障《さわ》りが出ようし、延《ひ》いては、お客さまに迷惑がかかることになる……。そんな理由《わけ》でやす。どうぞして、現在《いま》のままでいさせて下せえ……」

巳之吉が澄《す》んだ目でおりきを真っ直ぐに見る。

その目を、おりきも見返した。

「解りました。巳之吉、よくぞ言ってくれましたね。実は、わたくしも同じ想いでいたのですよ。わたくしね、先代と兆治さんのことを思い出していましたの……。達吉、おまえも言っていたでしょう？　在《あ》りし日の先代が、兆治にあんな忌まわしきことが起きずに二人が夫婦《めおと》になっていたら、自分は女ごとしての幸せに酔い痴れてしまい、今日《こんにち》の立場茶屋おりきはなかったであろう、とそんなふうにおっしゃっていたと……」

おりきが達吉に目を向けると、達吉も思い出したとみえ、あっと、色を失った。

「そうでやした、そうでやした……。ああ、俺ャ、すっかり失念《しつねん》しちまってたぜ」

「あの言葉をおまえから聞いたときには、何ゆえ慕い合う二人が一緒になってはならないのだろう、所帯を持ったからといって、女将の務めを疎《おろそ》かにすることはないだろうに……、と思っていましたが、現在《いま》ではその言葉が身に沁みて解ります。逃げ場を作ってはならないのですよ。巳之吉の言ったこともよく解ります……。立場茶屋おりきの女将は、決して、一人だけのものであってはならない……。少し前までのわたくしなら、その重石《おもし》に耐えられなかったかもしれません。けれども、現在《いま》なら耐えられます。だって、わたくしには巳之吉が、達吉が、そして店衆の一人一人がついていてくれるのですもの……。それから、巳之吉、おまえが板場衆の心の変化を気にしていることも、よく解ります。実は、そのことも懸念《けねん》していたことなのですよ。巳之吉は板場衆の鑑《かがみ》でなければならない、そのためには、御亭の立場であってはならないと……。結句、巳之吉とわたくしは同じ想いでいたのですよ」

「女将さん……」

「巳之吉……。これからも宜しく頼みますね」

「あっしのほうこそ……」

やれやれ……、と達吉が肩息《かたいき》を吐く。

「なんてこった……。結句、俺の一人相撲《ひとりずもう》だったってことかよ……」

「いえ、そんなことはありませんよ。達吉のお陰で、二人の気持が確かめられたのですもの……。こんなことでもなければ、巳之吉もわたくしも、なかなか口に出来るものではないですからね。これで良かったのですよ」

おりきがそう言うと、達吉はやれやれと眉を開き、ところで腹が空《す》きやせん？　夜食をまだ食ってねえんだからよ……、と呟く。

「こいつは済みやせん。おうめに言って、すぐに運ばせやすんで……」

巳之吉が立ち上がる。

「おっ、待ちな！　今宵は巳之吉もここで一緒に食わねえか？　俺たち三人で巳待ちといこうじゃねえか！　せめて、そのくれェのことをしなくちゃ、せっかく用意した掛軸も出番がなくて残念がるだろうからよ……」

「そうですよ、そうなさいよ！」

おりきも目を輝かせる。

「へっ、じゃ、そうさせてもれェやす」

巳之吉も嬉しそうな笑《え》みを見せた。

「へえェ、そんなことがあったのかえ……」

幾千代はおりきが持参した松花堂弁当《しょうかどうべんとう》をしげしげと眺め、くくっと肩を揺らした。

「そりゃ、大番頭もとんだ道化《どうけ》を演じてみせたもんだね……。良かれと思ってやったんだろうが、それが、いらぬおせせの蒲焼《かばや》きっていうのよ！　これだから、不気《ふき》（不粋者）は困るってェのよ……。何も、男と女ごが情を交わすだけが、心底尽《しんていず》くっていうわけじゃないのにさ……。寧ろ、身体を交わすより、心の結びつきのほうがもっと情が深く、崇高《すうこう》だというのにさ！　ちょい待った……。確か、達つァんも先代に片惚《かたぼ》れしてたんだよね？　終しか男と女ごの関係にならず、しかも、先代からはひと言も好きだの惚れてるだのと言われたことがないのに、あいつが一途《いちず》に先代を慕い続けてきたんだからね……。だったら、おりきさんと巳之さんの気持も解りそうなものを……。達つァんも焼廻《やきまわ》っちまったんじゃないかえ？」

「そんなふうに言っては可哀相ですわ。本人も老《お》いたことを気にして、先日など、大番頭を退くと言い出したものですから、わたくしも慌てましてね」

さ！」

「ふン、どうせ、そう言うと、おりきさんが引き止めてくれるとでも思ったんだろう
「幾千代さん、それは言い過ぎですことよ。達吉も善助《ぜんすけ》、およね、とめさんと立て続けに亡くなられ、心細くなったのでしょうよ。およねなど、達吉より歳下だったのですからね」

「そりゃそうさ。五十路《いそじ》を過ぎて、このあちしだって心細いんだからさ……。しかも、掌中《しょうちゅう》の珠《たま》のように大切に育てた幾富士に去られ、姫までが死んじまったんだからさ……。あちしが抜け殻《がら》のようになったとしても不思議じゃないだろう？」

「けれども、三代目の姫が来てくれて良かったではないですか！　お陰で、やっと幾千代さんに活気が戻ったのですもの……」

おりきが幾千代の膝にちょこんと載った白猫《しろねこ》を覗き込むと、お半《はん》がくすりと笑う。

「おかあさんたら、黒猫《くろねこ》でなきゃ姫じゃないとあれほど言い張っていたくせして、おたけさんの亭主が黒猫の子はどこを当たってもいない、こいつで我慢《がまん》してくれないかと白猫を見せた途端《とたん》にでれりと目尻を下げて、おやまっ、綺麗《きれい》に化粧《けしょう》したじゃないか……、なんて可愛《かわい》いんだろ、姫が化粧をして戻って来てくれるなんて！　と燥《はしゃ》ぎっぱなしで、それからというもの、片時も姫を傍から離そうとしないんですものね……。

けど、そういつまでもお座敷を休むわけにはいかないと、今日やっと出掛ける気になって下さったんですよ」

「おや、言ってくれるじゃないか！　この子は間違いなく、姫の生まれ変わりなんだよ。おりきさん、見てごらんよ。ほら、この丸くて青い目……、これは姫の目だもんね？」

幾千代が、ねっ、とおりきに目弾《めはじき》をする。

生後三月《みつき》ほどであろうか、子猫の姫は愛らしい顔つきをしているが、猫の目なんてどれも似たり寄ったりで、おりきにはそれが死んだ黒猫の姫の目かどうかまでは判らない。

「幾千代さんがそう思うのであれば、きっとそうなのでしょうよ。けれども、病に臥していたのではなくて安堵しましたわ」

幾千代がふふっと笑う。

「それで、見舞いのつもりで、この弁当を？　病でなくて悪かったねと言いたいところだが、あちしには、病より姫に亡くなられた衝撃のほうが大きくてさァ……。ほら、痩《や》せちまっただろ？」

そう言えば、幾千代の顔が一回り小さくなったような気がする。

「この子があちしの許《もと》に来てくれたのが一昨日《おととい》でね。そしたら、現金なもので、なんと食事が喉を通るようになったじゃないか……」

「ですから、女将さんが弁当を土産《おみや》に持って来て下さって、助かりました……。今日からお座敷に出るのですもの、精《せい》をつけておかなきゃなりませんからね」

お半が満面《まんめん》に笑みを浮かべる。

「じゃ、頂《いただ》こうか……。それにしても美味《うま》そうじゃないか！　これは巳之さんが？」

幾千代が箸を取る。

「ええ、急なことなので、あり合わせの材料で作ったみたいですが、巳之吉が言うには、幾千代さんのお好きなものばかりだそうですよ」

「ああ、好物《こうぶつ》ばかりだ……。出汁巻玉子《だしまきたまご》に、銀鱈《ぎんだら》の西京焼《さいきようやき》、蓮根《れんこん》と海老《えび》の挟《はさ》み揚、鰊《にしん》の昆布巻《こぶまき》、鱈《たら》の子や椎茸《しいたけ》、小芋《こいも》といった炊《た》き合わせ……。それに、ご飯《はん》がじゃこ飯になっていて、これなら否《いや》が応《おう》でも食が進むってもんだよ！　どうした、姫、おまえも食べたいのかえ？」

幾千代が鱈の子を掌《てのひら》に載せ、姫の口に近づける。

「おかあさん！」

お半が小声で幾千代を制す。

幾千代は照れ笑いをすると、ちょいと舌を出した。

「そうだった……。あちしが食べる前に姫に食べさせたんじゃ、巳之さんに叱《しか》られちまうよね」

そうして、幾千代は弁当を食べ終えると、茶を飲みながらぽつりと呟いた。

「巳待ちか……。でも、考えてみると、大番頭が言ったのも当たってるんだよね……。巳之さんが巳《み》で、おりきさん、おまえは弁天さまだ！　この二人のどちらが欠《か》けても立場茶屋おりきは成り立たないんだもんね……。そりゃ、旅籠としては続くかもしれないよ。けど、それは常並《つねなみ》な旅籠で、現在《いま》の立場茶屋おりきではないからさ……。おりきさん、やっぱ、おまえと巳之さんは切っても切れない仲なんだよ！」

ああ……、本当にそうなのかもしれない。

おりきは巳之吉に手を合わせたい気持で一杯になった。

ミャア……。

姫が可愛い声を上げる。

「なんだえ？　抱っこしてほしいって？　さあ、おいで……。おまえはなんて可愛い子なんだろう……」

幾千代が蕩《とろ》けそうな声を出す。

姫がまたミャア！　と鳴く。
ぽっと、おりきの胸が温かいもので包まれていった。

本書は、時代小説文庫（ハルキ文庫）の書き下ろし作品です。

時代小説文庫
い6-30

一流《いちりゅう》の客《きゃく》 立場茶屋《たてばぢゃや》おりき

著者 今井絵美子《いまいえみこ》

2015年10月18日第一刷発行

発行者 角川春樹

発行所 株式会社 角川春樹事務所
〒102-0074 東京都千代田区九段南2-1-30 イタリア文化会館

電話 03(3263)5247[編集] 03(3263)5881[営業]

印刷・製本 中央精版印刷株式会社

フォーマット・デザイン＆シンボルマーク 芦澤泰偉

ISBN978-4-7584-3950-3 C0193

http://www.kadokawaharuki.co.jp/[営業]
fanmail@kadokawaharuki.co.jp[編集] ご意見・ご感想をお寄せください。

時代小説文庫

今井絵美子
鷺の墓
書き下ろし

藩主の腹違いの弟・松之助警護の任についた保坂市之進は、周囲の見せる困惑と好奇の色に苛立っていた。保坂家にまつわる因縁めいた何かを感じた市之進だったが……(「鷺の墓」)。瀬戸内の一藩を舞台に繰り広げられる人間模様を描き上げる連作時代小説。「一編ずつ丹精を凝らした花のような作品は、香り高いリリシズムに溢れ、登場人物の日常の言動が、哲学的なリアリティとなって心の重要な要素のように読者の胸に嵌め込まれてくる」と森村誠一氏絶賛の書き下ろし時代小説!

今井絵美子
雀のお宿
書き下ろし

山の侘び寺で穏やかな生活を送っている白雀尼にはかつて、真島隼人という慕い人がいた。が、隼人の二年余りの江戸遊学が二人の運命を狂わせる……。心に秘やかな思いを抱えて生きる女性の意地と優しさ、人生の深淵を描く表題作ほか、武家社会に生きる人間のやるせなさ、愛しさが静かに強く胸を打つ全五篇。前作『鷺の墓』で「時代小説の超新星の登場」であると森村誠一氏に絶賛された著者による傑作時代小説シリーズ、第二弾。

(解説・結城信孝)

時代小説文庫

今井絵美子
美作の風

津山藩士の生瀬圭吾は、家格をおとしてまでも一緒になった妻・美音と母親の三人で、つつましくも平穏な暮らしを送っていた。しかしそんなある日、城代家老から、年貢収納の貫徹を補佐するように言われる。不作に加えて年貢加増で百姓の不満が高まる懸念があったのだ。山中一揆の渦に巻き込まれた圭吾は、さまざまな苦難に立ち向かいながら、人間の誇りと愛する者を守るために闘うが……。市井に生きる人々の祈りと夢を描き切る、感涙の傑作時代小説。

（解説・細谷正充）

今井絵美子
蘇鉄の女《ひと》

化政文化華やかりし頃、瀬戸内の湊町・尾道で、花鳥風月を生涯描き続けた平田玉蘊《ぎょくうん》。楚々とした美人で、一見儚げに見えながら、実は芯の強い蘇鉄のような女性。頼山陽と運命的に出会い、お互いに惹かれ合うが、添い遂げることは出来なかった……。激しい情熱を内に秘め、決して挫けることなく毅然と、自らの道を追い求めた玉蘊を、丹念にかつ鮮烈に描いた、気鋭の時代小説作家によるデビュー作。